KB184202

단계문학

콩쥐팥쥐

도서출판 동행

필수 어휘부터 고전 원문까지 단계별로 한 권에 담은

단계문학 | 콩쥐팥쥐 |

초   판 | 1쇄 2024년 9월 30일

글 | 오승근, 김진
그   림 | 김민영
정 보 맵 핑 | 이야기 연구소
디 자 인 | 조영선, 박유영
특 허 등 록 | 제 10-2393860 호

펴 낸 곳 | (주)도서출판동행
펴 낸 이 | 오승근
출 판 등 록 | 2020년 3월 20일 제2020-000005호
주   소 | 부산광역시 부산진구 동천로 109, 9층
이 메 일 | withyou@withyoubooks.com
홈 페 이 지 | withyoubooks.com
카 카 오 톡 | @동행출판사

단계별 요약정보 기술은 국내특허법으로 보호받고 있습니다.

단계문학

콩쥐팥쥐

도서출판 동행

이 책이 여러분의
문해력 여정에 있어서
밝은 등대가 되기를 희망합니다.

이 책은 현대 교육의 중요한 문제인 문해력 부족에 대응하기 위해 쓰였습니다. 오늘날 많은 학교와 교육 시스템이 단순한 단어 암기나 짧은 글 읽기에 의존하고 있지만, 이런 방식만으로는 학생들이 복잡한 텍스트와 개념을 깊이 있게 이해하고 분석하는 능력을 충분히 키우기 어렵습니다.

이 책은 그런 한계를 넘기 위해 새로운 접근 방식을 제안합니다. 학생들이 자신의 수준에 맞는 책을 읽으며 점진적으로 더 도전적인 글로 나아가도록 돕는 것이 핵심입니다. 이를 통해 학생들은 단순한 암기나 피상적인 학습을 넘어서, 문맥을 이해하고 복잡한 아이디어를 분석하며 비판적인 사고를 키워나갈 수 있습니다.

이 책은 그런 여정에서 여러분을 이끌어줄 나침반 같은 역할을 할 것입니다. 학생들이 자신의 속도에 맞춰 학습하고, 자신감을 가지고 독서에 다가가도록 돕고자 합니다. 이 책을 통해 독서는 지식을 쌓는 것을 넘어, 생각을 깊게 하고 세상을 이해하는 더욱 의미 있는 경험이 될 것입니다. 문해력은 단순한 기술이 아닙니다. 그것은 세상을 탐구하고, 우리 자신의 생각과 감정을 표현하는 데 중요한 도구입니다.

이 책이 여러분의 문해력 여정에서 든든한 길잡이가 되길 바랍니다. 한 걸음씩 도전을 이어가면서, 여러분은 자신만의 독서 세계를 발견하고 지식의 바다를 자신 있게 항해하게 될 것입니다.

새로운 배움과 성장을 기대하며,

오승근

문해력은 책을 읽으며 자연스럽게 키워야 합니다. 학생들에게는 어려운 어휘로 가득 찬 책이나 영어 단어 암기용 교재가 아니라, 자신의 수준에 맞는 어휘로 구성된 책이 필요합니다. 이러한 책을 통해 점진적으로 난도를 높여가며 읽을 때, 문해력은 효과적으로 향상될 수 있습니다.

단계 문학 시리즈는 문해력이 부족한 학생들뿐만 아니라 한글을 배우려는 외국인들에게도 스스로 학습하며 읽어나갈 수 있는 훌륭한 도구가 될 것입니다.

❶ 계단을 오른다는 생각으로 단계별로 읽으세요.

❷ 모르는 단어는 사전을 찾지 말고 문맥을 통해 유추해보세요.

사용법은 위 두가지면 충분합니다.

자, 그럼 이제 시작해 볼까요?

목차
Contents

단계문학

콩쥐 팥쥐

단계 1

어휘 통계

명사	대명사	동사	형용사
210	**9**	**101**	**18**

부사	접속어	고유어	한자어
36	**7**	**52.2**%	**10.8**%

문장의 난이도

1 2 3 4 5 6 7
어려움 ——————— 쉬움

문단별 난이도

33% 47% 20%

쉬움 ——————— 어려움

어휘의 난이도

1 2 3 4 5 6 7
쉬움 ——————— 어려움

문장 길이 분포

6 어절 미만 6 -8 어절 9 - 13 어절 14 - 19 어절 20 + 어절
짧은 ——————— 긴

1장 콩쥐 엄마가 돌아가셨어요

옛날에 최만춘이라는 사람이 살았어요.

최만춘에게는 아내가 있었지요.

하지만 아직 아이는 없었어요.

어느 날 최만춘 부부가 꿈을 꾸었어요.

"여보 어젯밤에 신기한 꿈을 꾸었어요."

"나도 어젯밤에 신기한 꿈을 꾸었다오."

꿈을 꾼 뒤 그들에게 아이가 생겼어요.

"딸이에요 여보."

"아이 이름을 콩쥐라고 합시다."

"좋아요. 여보."

콩쥐가 태어난 지 백일이 되었어요.

그런데 그만,
콩쥐 엄마가 병에 들어 돌아가셨어요.

어린 콩쥐는 동네 아주머니 젖을 먹고 자랐어요.

2장 새엄마가 생겼어요

시간이 흘러 콩쥐가 열네 살이 되었어요.

콩쥐가 아빠와 함께 아침을 먹고 있을 때였어요.

"콩쥐야, 새엄마가 곧 생길 거 같아."
콩쥐는 깜짝 놀랐어요.
"어머나, 아버지 다시 결혼하세요?"
"그래, 좋은 사람을 만났단다."

얼마 뒤 콩쥐 아빠는 다시 결혼했어요.
결혼한 새엄마에게는 딸이 한 명 있었어요.
이름은 팥쥐예요.
새엄마와 팥쥐는 마음이 몹시 나빴어요.
이때부터 콩쥐의 고생이 시작됐어요.

3장 검은 소가 선물을 주었어요

하루는 새엄마가 콩쥐와 팥쥐를 불렀어요.
"너희들은 밭에 가서 풀을 뽑거라."
"팥쥐는 모래밭으로 가고."
"콩쥐는 돌밭으로 가거라."

콩쥐는 힘든 돌밭에서 풀을 뽑았어요.
'흑흑, 돌이 많아 풀이 안 뽑히네.'

콩쥐는 힘껏 호미질했어요.
그러자 호미가 빠지직하고 부러진 거예요.
콩쥐는 그 자리에서 울고 말았어요.

"음매~"
그때 검은 소 한 마리가 나타났어요.
"왜 울고 있어?"
"호미가 부러지고, 배도 고파서 울고 있어."

소가 콩쥐에게 좋은 호미와 과일을 주었어요.
"검은 소야 고마워, 과일은 집에 가서 가족이랑
같이 먹을게."

콩쥐는 풀을 다 뽑고 집에 갔어요.
그런데 새엄마가 콩쥐의 과일을 빼앗았어요.
콩쥐는 밥도 못 먹고 밤새 울었지요.

4장 두꺼비가 도와줬어요

어느 날 새엄마가 콩쥐를 불렀어요.
"콩쥐야! 저기 커다란 항아리에 물을 가득히
채우거라."

콩쥐가 항아리에 물을 부었어요.
콸콸, 물은 항아리로 잘 들어갔어요.
'이 정도면 물이 다 찼겠지?'
콩쥐가 항아리 속을 살펴보았어요.

하지만 항아리에 물이 차질 않았지요.
'왜 항아리에 물이 차질 않지?'

그때 두꺼비가 앙금 앙금 나타났어요.
"항아리가 깨져서 그래. 내가 도와줄게."
두꺼비는 항아리로 들어갔어요.
두꺼비가 깨진 곳을 몸으로 막자 항아리에
물을 다 채울 수 있었어요.

어느 날 콩쥐가 외갓집 잔치에 초대받았어요.

"내가 팥쥐랑 먼저 외갓집에 가 있을 테니, 콩쥐
너는 베 짜는 일과 벼 껍질 벗기는 일을 끝내놓고
오너라."

새엄마의 말에 콩쥐는 울며 일했어요.

그때 한 선녀가 나타났어요.
"제가 베 짜는 일 할게요."
선녀는 베 짜는 일을 금방 끝냈어요.

콩쥐는 벼가 있는 마당으로 나갔어요.
그런데 마당에 있던 참새들이 벼 껍질을 다
벗겨놓았어요.

선녀는 콩쥐에게 새 신발을 선물했어요.
콩쥐는 새 신발을 신고 외갓집에 갈 수 있었
어요.

6장 콩쥐가 신발을 잃어버렸어요

콩쥐가 외갓집 근처 시냇가에 도착했어요.
사람들 소리가 웅성웅성 들렸어요.
"저리 비키시오~"
새로운 감사(도지사)가 오는 소리였어요.
놀란 콩쥐는 빨리 시냇물을 건넜어요.

"퐁당~"
콩쥐의 신발이 물에 빠지고 말았어요.
콩쥐는 그대로 외갓집으로 갔어요.

감사는 시냇가에서 이상한 느낌을 받았어요.
"어험! 저 시냇가를 살펴보고 오너라."
부하는 시냇가에서 신발 한쪽을 발견했어요.
감사는 관청에 도착했어요.
감사는 신발 주인을 찾으라고 명령을 내렸어요.

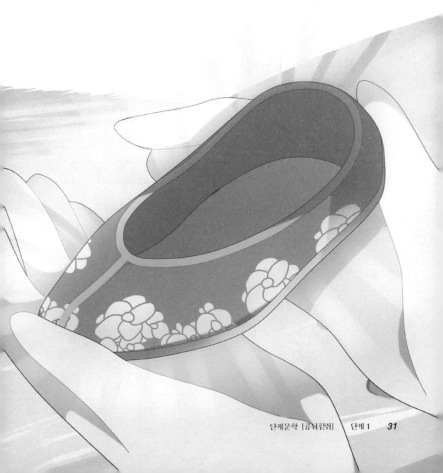

7장 콩쥐가 외가에 도착했어요

콩쥐가 외갓집에 도착했어요.

새엄마가 깜짝 놀라 콩쥐를 보며 말했어요.
"집안일은 다하고 온 거야?"

콩쥐는 새엄마에게 선녀와 참새 이야기를
해드렸어요.

콩쥐 말을 들은 새엄마는 마음이 안 좋아졌어요.

그때 감사의 부하들이 들어왔어요.
"이 신발의 주인을 찾고 있소!"

사람들이 와글와글 모여 신발을 신어봤어요.
하지만 신발 주인은 찾지 못했지요.

8장 콩쥐가 결혼했어요

부하가 가져온 신발은 콩쥐의 신발이에요.
그러나 콩쥐는 아무런 말도 못 했어요.

그때 할머니 한 분이 말했어요.
"여기 콩쥐 아가씨가 신발을 잃어버렸다고 하네
요."

부하는 콩쥐에게 신을 신게 했어요.
신발이 콩쥐 발에 꼭 맞았어요.

"감사께서 신발 주인을 모셔 오라 하셨습니다."
부하는 콩쥐를 관청으로 모시고 갔어요.

"감사 나리, 신발 주인을 찾았습니다."
부하는 감사에게 큰 소리로 알렸어요.

감사는 신발 주인을 안으로 모셨어요.
"당신은 누구십니까? 누구길래 신발에서 이렇게
신기한 느낌이 난단 말입니까?"

콩쥐는 그동안 있었던 일들을 감사에게
이야기했어요.

콩쥐 이야기를 들은 감사는 콩쥐에게 같이
살자고 청혼했어요.
콩쥐는 감사와 결혼을 했어요.

그들은 행복하게 오래오래 살았어요.

단계문학

콩쥐팥쥐

단계 2

어휘 통계

명사	대명사	동사	형용사
433	**23**	**203**	**44**

부사	접속어	고유어	한자어
86	**20**	**49.7**%	**12.4**%

문장의 난이도

1 2 3 4 5 6 7
어려움 ———————— 쉬움

문단별 난이도

14%   48%   38%

쉬움 ———————— 어려움

어휘의 난이도

1 2 3 4 5 6 7
쉬움 ———————— 어려움

문장 길이 분포

6 어절 미만   6~8 어절   9~13 어절   14~19 어절   20+ 어절
짧은 ———————— 긴

1장 콩쥐 엄마가 돌아가셨어요

이 책은 옛날, 조선 시대 때 이야기야.

조선 시대에 최만춘이라는 사람이 살았어.

그에게는 부인이 있었지만, 자녀는 아직 없었는데.

그 부부는 언제나 주위에 좋은 일을 하며 지냈어.

단계 2

두번째 계단

그런데 어느 날, 부부가 신기한 꿈을 꿨어.

그 후로 부부에게 아이가 생긴 거야.

하늘이 부부에게 딸아이를 선물로 준 거 같아.

그들은 그 아이 이름을 콩쥐라고 했어.

콩쥐는 정말 예뻤어.

콩쥐 아빠와 엄마는 콩쥐를 금이야 옥이야 길렀지.

콩쥐가 태어난 지 100일이 되었을 때 콩쥐 엄마가 그만
세상을 떠나고 말았어.

엄마가 없는 아기 콩쥐는 배가 무척 고팠지.

그래서 콩쥐 아빠가 동네 아주머니를 찾아갔어.

콩쥐 아빠는 배고픈 콩쥐를 위해 동네 아주머니에게 도움을 청했어. 콩쥐는 동네 아주머니 젖을 먹고 무럭무럭 자랄 수 있었어.

그러던 어느 날 콩쥐가 울며 엄마를 찾았어.

그 모습을 본 콩쥐 아빠는 마음이 몹시 아팠지.

어느덧 콩쥐가 열 살이 되었어.

콩쥐는 이제 아빠를 위해 밥도 하고 옷도 만들었지.

콩쥐 아빠는 콩쥐 덕분에 편안해졌어.

2장 새엄마가 생겼어요

세월이 흘러 콩쥐가 열네 살이 되었어.
콩쥐가 아빠와 함께 아침을 먹고 있을 때였지.
"콩쥐야, 콩쥐에게 곧 새엄마가 생길 것 같구나!"
"새엄마요?"
"그래, 배 씨 아주머니라는 분인데 함께 살기로 했어."

며칠 후, 콩쥐 아빠는 배 씨 부인과 재혼을 했어.
콩쥐 아빠는 새 부인에게 집안일을 모두 맡겼지.
그리고 콩쥐 아빠는 집안일을 돌보지 않았어.
이때부터 콩쥐의 고생이 시작된 거야.

새엄마에게 팥쥐라는 딸이 있었어.
새엄마와 팥쥐는 마음씨가 아주 고약했지.
하루는 팥쥐가 콩쥐에 대해 거짓말을 한 거야.
하지만 새엄마는 팥쥐 말만 듣고 콩쥐를 혼냈어.

콩쥐 아빠 역시 새엄마 말만 들었지.
콩쥐 말을 믿어줄 사람은 아무도 없었어.

3장 검은 소가 선물을 주었어요

어느 날 새엄마가 콩쥐와 팥쥐를 불렀어.

"오늘부터 너희가 밭에 잡초를 뽑거라! 팥쥐는 모래밭으로 가고, 콩쥐는 자갈밭으로 가거라!"

새엄마가 콩쥐에게는 어려운 일을 시키고 팥쥐에게는 쉬운 일을 시킨 거야.

콩쥐는 아침밥도 먹지 못했어.
그래도 힘껏 호미로 자갈을 치우며 잡초를 뽑았지.
아뿔싸, 나무로 된 호미가 부러진 거야.
콩쥐는 훌쩍훌쩍 울고 말았지.

그때 갑자기 소 한 마리가 나타났어.

소가 콩쥐를 보며 말했어.

"왜 울고 있는 거니?"

"잡초를 뽑아야 하는데, 호미가 부러져서 더는 할 수가 없어. 그리고 아침을 못 먹어서 너무 배가 고파."

그러자 소는 콩쥐에게 얼굴을 씻고 오라고 했어.

콩쥐는 소가 말해준 대로 얼굴을 씻고 돌아왔지.

소는 돌아온 콩쥐에게 좋은 호미와 맛있는 과일을 주었어.

"검은 소야 고마워."

"배고플 텐데, 과일 먼저 먹어."

"나도 지금 먹고 싶지만, 이렇게 좋은 과일을 나 혼자 먹을 순 없어. 과일은 집에 가서 가족이랑 같이 먹을게."

콩쥐는 힘을 내서 남은 잡초를 다 뽑았어.

콩쥐는 터덜터덜 집으로 돌아왔지.

그런데 대문이 잠겨 있는 거야.

콩쥐는 얼른 팥쥐를 불렀어.

"팥쥐야, 팥쥐야! 문 좀 열어줘!"

하지만 아무런 대답이 없었지.

할 수 없이 콩쥐는 문틈으로 겨우 들어갔어.

그때 새엄마가 마당으로 나온거야.

새엄마는 콩쥐가 가져온 과일을 보자 버럭 화를 냈지.

콩쥐가 과일을 훔쳤다고 생각한 거야.

그래서 새엄마는 콩쥐의 과일을 빼앗고 밥도 주지 않았어.

불쌍한 콩쥐는 결국 밥도 못 먹고, 밤새 흐느끼며 울다
가 지쳐 잠이 들었어.

4장 두꺼비가 도와줬어요

하루는 새엄마가 콩쥐를 불렀어.

"콩쥐야! 저기 있는 커다란 항아리에 물을 가득 채우거라."

콩쥐는 우물에서 물을 떠다가 항아리에 부었어.

물은 콸콸 소리를 내며 항아리에 들어갔지.

그런데 아무리 물을 부어도 항아리에 물이 차질 않는거야.

그때 두꺼비가 나타났어.

"콩쥐야, 항아리가 깨져서 물이 새고 있어! 내가 들어가서 깨진 곳을 막아줄게."

"고마워 두꺼비야, 하지만 너를 힘들게 할 순 없어. 내가 계속 물을 부어볼게."

두꺼비는 우물로 가려는 콩쥐를 붙잡았어.

"새엄마가 너를 고생시키려 그런 거야. 아무리 물을 부어도 항아리는 채워지지 않아. 그러니까 내가 도와줄게."

콩쥐는 잠시 생각하다 두꺼비에게 고마운 마음으로 말했어.

"그래, 고마워. 그럼, 깨진 곳을 막아줘."

두꺼비가 엉금엉금 항아리 안으로 들어갔어.

콩쥐가 조심스레 물을 부었지.

두꺼비 덕분에 이제 물이 새지 않았어.

콩쥐가 두어 번 더 물을 부으니 항아리에 물이 가득 찼어.

콩쥐는 새엄마에게 달려가서 항아리에 물이 찰랑거리도록 채웠다고 했어.

그러자 새엄마는 깜짝 놀라며 생각했지.

'말도 안 돼! 깨진 항아리에 물을 다 채웠다고? 이게 어떻게 된 일이지...?'

5장 선녀가 나타났어요

콩쥐의 고생은 계속되었어.
그러던 어느날, 콩쥐는 외갓집 잔치에 초대받았지.
그런데 새엄마가 더 신이 난 거야.
"콩쥐야 내가 먼저 가마. 너는 베를 다 짜고, 벼도 다 찧어서 껍질을 벗겨 놓고 오너라."

외갓집에 갈 생각에 신났던 콩쥐는 새엄마의 말에 시무
룩해졌어.

새엄마는 팥쥐만 데리고 먼저 외갓집으로 갔버렸지.

어쩔 수 없이 콩쥐는 일을 시작했어.

그런데 너무 슬퍼서 눈물이 나고 말았어.

콩쥐는 울며 벼를 마당에 널어놓고 짤각짤각 베를 짜기
시작했지.

그때 어디선가 좋은 향기가 났어.
그러더니 한 여인이 콩쥐 앞에 나타난거야.
"제가 베를 짜드릴게요. 아가씨는 외갓집에 다녀오세요."
여인은 순식간에 베를 다 짜 놓았어.

그뿐만 아니라, 여인은 콩쥐에게 새 신발을 건네주었지.
그리고 자신이 선녀라고 말한 뒤, 하늘로 훨훨 날아가
버렸어.
선녀가 하늘로 올라가자 콩쥐는 깜짝 놀랐어.

얼마 뒤 콩쥐는 벼를 찧으러 마당으로 갔어.
그런데 마당에 놓인 벼 위에 새들이 잔뜩 모여 있는 거야.
콩쥐는 "훠이훠이"하며 새들을 쫓았어.

그런데 새들이 날아간 자리에 껍질이 벗겨진 쌀 알맹이
들만 있었던 거야.
새들이 콩쥐 대신 벼 껍질을 벗겨 준 거였어.

6장 콩쥐가 신발을 잃어버렸어요

콩쥐는 활짝 웃으며 외갓집으로 출발했어.
길가에 꽃들이 아름답게 피어 있었지.
'이쁘기도 하지. 어쩜 이리 작은 꽃들이 올망졸망 피었을까?'
콩쥐는 외갓집 근처 시냇가에 도착했어.
콩쥐는 그곳에서 참방참방 물장난을 치며 쉬고 있었지.

그때 어디선가 사람들 소리가 들리는 거야.

"길을 비키시오! 감사¹께서 지나가십니다!"

콩쥐는 급한 마음에 얼른 시냇가를 건넜어.

그런데 허둥지둥 걷다가 그만 신발 한 짝을 물에 빠뜨리
고 말았지.

신발은 동동 물 위를 떠내려갔어.

콩쥐는 신발 한 짝을 잃은 채로 외갓집으로 갔지.

1 조선 시대에 둔, 각 도의 으뜸 벼슬. 오늘날 도지사

감사의 행차가 시냇가에 왔을 때 감사는 이상한 느낌을
받았어.
"여봐라! 저기 시냇가에 무엇이 있는지 살펴보거라."
부하들이 시냇가 여기저기를 살펴봤어.

시냇가 아래쪽을 살펴보던 부하가 신발 한 짝을 발견했지.
"감사 나리, 여기 신발 한 짝이 있습니다!"

감사는 신발을 가져오라 명령했어.

관청에 도착한 감사는 부하들에게 새로운 명령을 내렸어.
"여봐라! 마을에 가서 이 신발의 주인을 찾아오너라."
부하들은 신발 주인을 찾으라는 명령에 어리둥절했지
만, 새로 오신 감사의 명령을 따랐지.

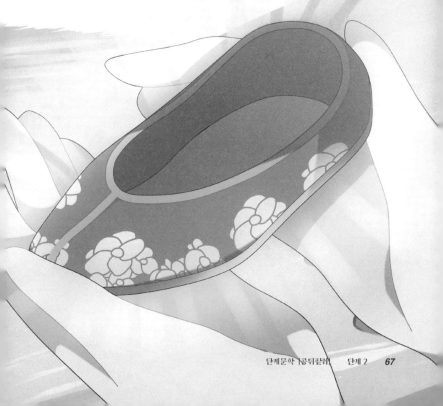

7장 콩쥐가 외가에 도착했어요

드디어 콩쥐가 외갓집에 도착했어.
친척들은 콩쥐를 따뜻하게 반겼지.

하지만 새엄마는 콩쥐를 보자마자 기분이 나빠졌어.
새엄마는 날카로운 목소리로 물었지.
"집안일은 다 하고 온 거야?"
"네, 다 끝내고 왔습니다."
"그 많은 일을 어찌 다 했단 말이냐?"

콩쥐는 새엄마에게 선녀와 새들이 도와준 일을 이야기
했어.
그 말은 들은 새엄마는 더욱 화가 났지.

바로 그때였어.
감사의 부하들이 신발 주인을 찾으러 이곳에 나타난 거
야.

부하의 이야기를 들은 새엄마는 신발이 자기 것이라며 거짓
말을 했어.
부하는 새엄마에게 신발을 신어보라고 했지.
새엄마는 자신의 것이 맞는다며 버럭 화를 냈어.
하지만 계속된 부하의 요청에 새엄마는 신발을 신었어.
그러나 신발은 새엄마에게 너무 작았지.

부하는 새엄마를 야단쳤어.
"어찌 나랏일 하는 사람에게 거짓말을 한단 말이오!"
부하는 다른 사람들에게도 신발을 신어보게 했어.
그러나 신발 주인은 찾지 못했지.

8장 콩쥐가 결혼했어요

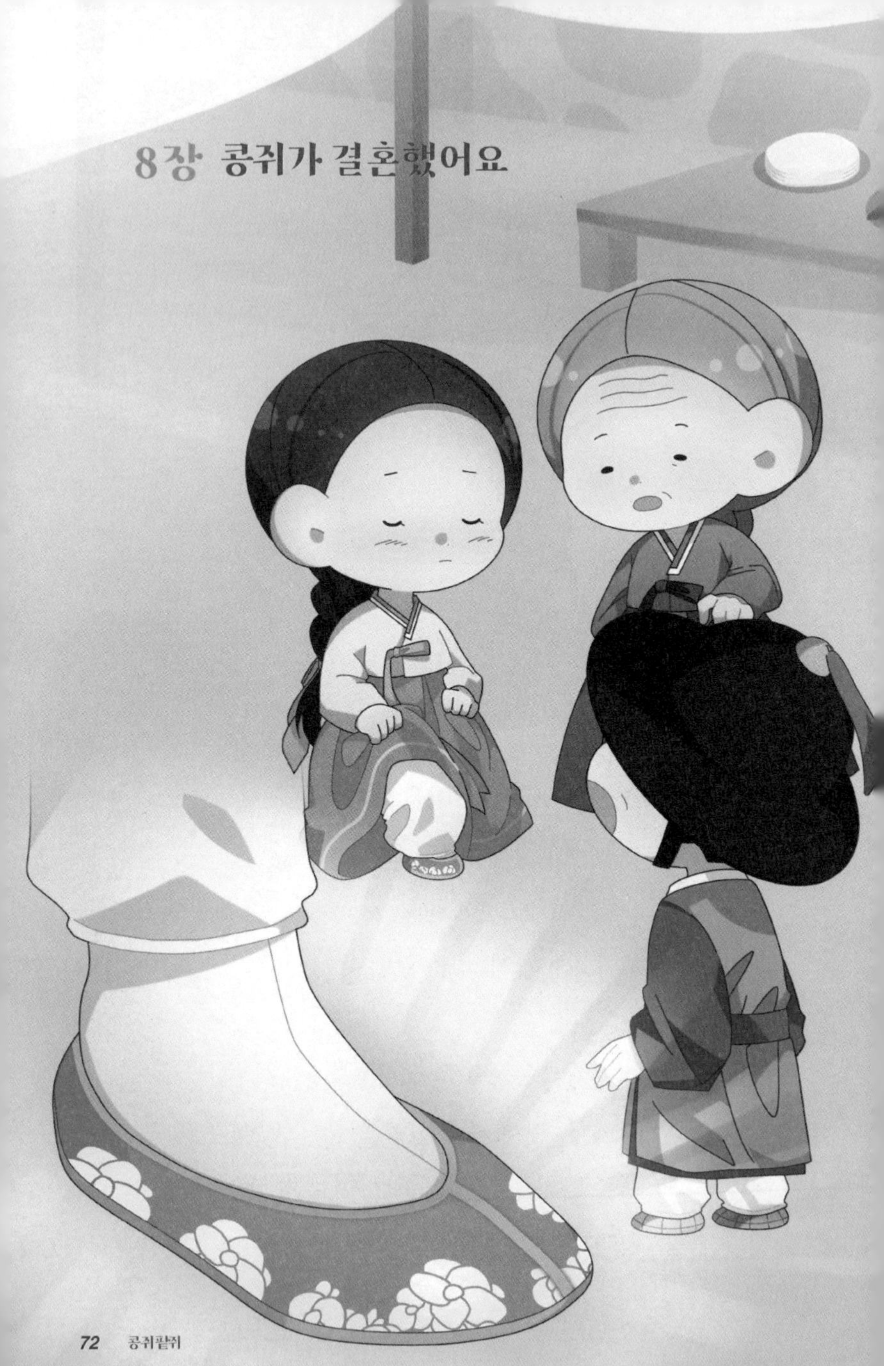

신발 주인인 콩쥐는 꿀 먹은 벙어리처럼 아무 말도 못 했어.
그때 한 할머니가 부하를 불렀지.
"여기 콩쥐라는 아가씨가 오는 길에 신발 한 짝을 잃어
버렸다고 하네요."
그 말을 들은 부하는 콩쥐에게 신을 신어보게 했어.
신발은 콩쥐 발에 딱 맞았지.

부하는 콩쥐를 관청으로 데려가려 했어.
하지만 겁이 난 콩쥐는 망설였지.
"콩쥐야, 나와 함께 가자꾸나."

옆에 있던 외삼촌이 콩쥐와 함께 가기로 했어.
그제야 마음이 놓인 콩쥐는 외삼촌과 함께 관청으로 갔어.

관청에 도착한 부하는 감사에게 신발 주인을 찾았다고
전했어.

감사의 성은 김씨야. 김 감사는 현재 혼자 살고 있어.
몇 년 전에 그만 아내가 세상을 떠났거든.
혼자가 된 김 감사에게 이상한 버릇이 하나 생겼어.
그건 신기한 것은 뭔든 끝까지 알아내고야 마는 버릇이
야.

김 감사는 시냇가에서 발견한 신발을 무척 신기하게 생
각했어.
그런데 그 신발의 주인을 드디어 찾았으니 무척 기뻤던
거지.
김 감사는 콩쥐를 보자마자 신발에 관해 물어보았어.

"당신은 누구요? 어떻게 당신의 신발에서 이런 신기한
기운이 느껴질 수 있단 말이오?"

김 감사의 갑작스러운 질문에 콩쥐는 당황했어.
몇 초간의 침묵이 흐른 뒤 콩쥐는 입을 열었지.
콩쥐는 그동안의 일들을 감사에게 빠짐없이 말했어.

콩쥐의 이야기를 들은 김 감사는 한동안 말을 못 했어.
힘든 시간을 참고 견뎌낸 콩쥐의 성품에 감동한 거야.
김 감사는 콩쥐를 예쁜 눈을 바라보며 청혼을 했지.

콩쥐는 이 사실을 아버지에게 말했어.
아버지는 기쁜 마음으로 결혼을 허락했지.
이렇게 해서 콩쥐는 시집을 가게 됐어.

콩쥐와 결혼한 김 감사는 콩쥐와 함께 어려운 사람들을
도우며 살았대.
많은 백성이 김 감사 부부를 칭찬했지.

그들은 자녀도 낳고 행복하게 오래오래 살았다고 해.

단계문학
콩쥐팥쥐

단계 3

어휘 통계

명사	대명사	동사	형용사
524	**17**	**262**	**59**

부사	접속어	고유어	한자어
75	**16**	**48.2**%	**14.4**%

문장의 난이도

1 2 3 4 5 6 7
어려움 ————————————— 쉬움

문단별 난이도

35% 31% 35%

쉬움 ————————————— 어려움

어휘의 난이도

1 2 3 4 5 6 7
쉬움 ————————————— 어려움

문장 길이 분포

6 어절 미만 6 -8 어절 9 - 13 어절 14 - 19 어절 20 - 어절
짧은 ————————————— 긴

1장 엄마를 잃은 콩쥐

이 책은 옛날, 조선 중기 때 있었던 이야기입니다. 그 당시 최만춘이라는 사람이 살고 있었습니다. 그는 결혼한 지 20년이 넘도록 자녀가 없었습니다. 자녀가 없어 걱정이었던 최만춘 부부는 매일 정성껏 기도하며, 가난한 사람들을 도우며 지냈습니다.

어느 날 부부는 신기한 꿈을 꾸었고, 그 후 아내가 임신했습니다. 하늘이 감동해서 부부에게 선물을 준 것입니다. 열 달이 지나 아름다운 딸이 태어났고, 부부는 아이에게 '콩쥐'라는 이름을 지어주었습니다.

콩쥐 부모는 온 마음을 다해 딸을 키웠지만, 콩쥐가 태어난 지 겨우 백일 만에 콩쥐의 엄마가 세상을 떠나고 말았습니다. 콩쥐 아빠는 하루아침에 짝을 잃은 홀아비가 되었습니다.

콩쥐 아빠는 부인을 잃어 슬펐지만, 어린 콩쥐를 보살펴야 했습니다. 콩쥐가 배가 고파 울 때마다 아버지는 이웃 아주머니의 도움을 받아 젖을 먹였습니다. 어느 날 콩쥐가 울며 엄마를 찾았습니다. 그 모습을 본 콩쥐 아빠 마음이 새까맣게 타들어 갔습니다.

한 해 두 해 고생스러운 시간이 흘러 콩쥐가 열 살이 되었습니다. 열 살이 된 콩쥐는 이제 밥도 짓고 옷도 지을 줄 알게 되었습니다. 콩쥐 덕분에 아버지는 혼자 힘겹게 지내던 삶에서 조금이나마 안정을 찾을 수 있었습니다.

2장 새엄마의 등장

시간이 흘러 콩쥐가 열네 살이 되었습니다. 그 해 콩쥐 아빠는 과부 배 씨와 재혼하였습니다. 콩쥐 아빠는 배 씨 부인에게 집안일을 모두 맡기고, 본인은 집안을 돌보지 않았습니다. 이 때부터 콩쥐의 남모를 고생이 시작되었습니다.

새엄마 배 씨는 마음씨가 고약한 사람입니다. 배 씨에게는 팥쥐라는 딸이 있었는데, 팥쥐 역시 엄마를 닮아 마음씨가 고약했습니다. 팥쥐는 콩쥐가 하지도 않은 일을 했다고 엄마에게 일러바쳤고, 그 이야기를 들은 새엄마는 콩쥐를 무섭게 혼냈습니다.

콩쥐 아빠도 새엄마 말이라면 철석같이 믿었기에 잘못 없는 콩쥐는 아빠에게도 혼이 났습니다.

3장 검은 소의 두 가지 선물

하루는 새엄마가 콩쥐와 팥쥐를 불렀습니다.

"오늘부터 너희 둘이 밭에 가서 잡초를 뽑거라. 팥쥐는 콩쥐보다 한 살 어리니 집에 있어도 되지만, 그러면 콩쥐가 차별받는다고 생각할 테니 팥쥐도 가서 잡초를 뽑거라."

새엄마는 팥쥐를 집 근처 모래밭으로 보냈고 콩쥐는 멀리 산에 있는 자갈밭으로 보냈습니다.

아침밥도 먹지 못한 콩쥐는 배가 고팠지만, 최선을 다해 일을 했습니다. 그러나 호미질을 몇 번 하자 호미가 부러졌습니다. 콩쥐는 이대로 집에 돌아가면 새엄마에게 혼날 것이 걱정되어 그만 울음을 터뜨렸습니다.

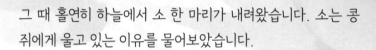

그 때 홀연히 하늘에서 소 한 마리가 내려왔습니다. 소는 콩쥐에게 울고 있는 이유를 물어보았습니다.

콩쥐의 이야기를 들은 검은 소는 다정하게 말했습니다.
"콩쥐야, 지금 시냇가로 가서 얼굴과 손발을 씻고 오렴."

콩쥐는 시냇가로 가서 얼굴과 손발을 씻고 돌아왔습니다. 그러자 검은 소는 콩쥐에게 새 호미와 여러 가지 과일을 주고 사라졌습니다. 배고픈 콩쥐는 과일을 먹고 싶은 마음이 굴뚝같았지만, 동생 팥쥐와 나눠 먹으려고 하나도 먹지 않았습니다.

콩쥐는 소가 준 호미로 잡초를 다 뽑고 집으로 돌아갔습니다. 그런데, 대문이 닫혀 있었습니다. 콩쥐는 팥쥐를 불러보았지만, 저녁밥 먹는 소리만 들릴 뿐 아무런 대답도 없었습니다. 결국, 콩쥐는 문틈으로 과일을 하나씩 밀어 넣고 간신히 문틈을 통해 집안에 들어갈 수 있었습니다.

그 때 마당에 나온 새엄마와 콩쥐가 마주쳤습니다. 과일을 들고 있는 콩쥐를 본 새엄마는 콩쥐가 과일을 훔쳤다고 생각했습니다. 새엄마는 콩쥐에게서 과일을 빼앗아버리고 큰 소리로 야단쳤습니다.

"콩쥐 너 이리 와! 집에 할 일이 태산인데 일이 끝났으면 얼른 집에 와야지, 뭐 하다 지금 오는 게냐! 그리고 그 손에 든 과일은 누구 집에서 훔쳐 온 거야! 팥쥐야 언니는 실컷 먹고 왔을 테니 언니가 아버지한테 혼나지 않게 이 과일을 다 먹어 치워라!"

새엄마의 야단 소리에 콩쥐는 아무런 말도 못 했습니다. 결국 콩쥐는 소가 준 과일도 먹지 못한 채 방에 들어가 밤새 울다 잠들고 말았습니다.

4장 깨진 물항아리와 두꺼비

그 뒤로도 콩쥐의 고생은 계속되었습니다.

어느 날, 새엄마가 콩쥐를 불렀습니다.
"얘, 부엌 있는 빈 항아리에 물을 가득 채워 놓거라."

콩쥐는 항아리에 물을 계속 부었지만, 이상하게도 항아리에 물이 차지 않았습니다.

하루 종일 항아리에 물을 채우느라 콩쥐는 지쳤습니다.
그 때 두꺼비가 나타나 콩쥐에게 말을 걸었습니다.
"콩쥐야, 아무리 물을 부어도 항아리는 차지 않아. 이 항아리는 깨진 항아리야. 항아리를 기울여 주면 내가 들어가서 깨진 곳을 막아줄게."

그러나 콩쥐는 자신이 해야 할 일이라며 괜찮다고 했습니다.
두꺼비는 콩쥐를 말리며 다시 말했습니다.
"새엄마가 너를 고생시키려는 거야. 그래서 내가 마음 고운 너를 도우러 온 것이니 내 도움을 거절하지 마."

콩쥐는 두꺼비에게 고마움을 전하며 항아리를 기울였습니다. 두꺼비가 들어간 뒤 콩쥐가 다시 물을 부으니 곧 항아리에 물이 가랑가랑 찼습니다.

콩쥐가 새엄마에게 항아리에 물을 다 채웠다고 하자, 새엄마는 어리둥절한 표정을 지으며 생각했습니다.
'깨진 항아리에 물을 다 채웠다고? 도대체 불가능한 일을 어떻게 한 것이지?'

5장 선녀와 새들의 도움

콩쥐가 고생하며 지내던 중, 외갓집 잔치에 초대받았습니다.
염치없는 새엄마는 잔치에 갈 생각에 신이 나서 말했습니다.
"우리가 먼저 외갓집에 갈 테니, 콩쥐 너는 저기 있는 베를 다
짜고 밖에 있는 벼도 다 찧어놓고 오너라."

새엄마는 멋을 부린 뒤 팥쥐만 데리고 외갓집 잔치에 갔습니다. 어쩔 수 없이 콩쥐는 혼자 눈물을 흘리며 일을 시작했습니다. 볏단을 마당에 옮겨 놓은 뒤 베를 짜기 시작했습니다.

베를 짜던 콩쥐에 눈가에 눈물이 맺혔습니다.
'나도 외갓집 잔치에 가고 싶은데... 언제 이 일들이 다 하고 간담? 하루 종일 해도 다 못할 것 같은데....'

콩쥐가 울며 베를 짤 때, 갑자기 신비한 여인이 콩쥐 앞에 나타났습니다.
"제가 잘하진 못하지만 베 짜는 일을 대신 해줄게요. 아가씨는 잔치에 갈 준비를 하세요."
갑작스러운 여인의 등장에 콩쥐는 어안이 벙벙했습니다.

베 짜는 일을 빨리 마친 여인은 콩쥐에게 신발과 옷을 선물로 주었습니다. 그리고 자신이 선녀임을 밝힌 후 얼른 하늘로 날아갔습니다. 너무 놀라 할말을 잃은 콩쥐는 정신을 차리고 벼를 찧으러 마당으로 나갔습니다.

벼가 널려 있는 마당에는 새들이 가득 앉아 있었습니다. 콩쥐는 손을 저으며 새들을 내쫓았습니다. 새들은 후다닥거리며 마당에서 날아갔습니다. 그런데 새들이 날아간 자리에는 벼 껍질이 벗겨진 쌀알들이 소복이 쌓여있었습니다. 기가 막히게도 새들어 알맹이는 먹지 않고 껍질만 벗겨놓은 것입니다.

6장 선녀가 준 신을 잃어버린 콩쥐

이제 콩쥐는 외갓집 잔치에 갈 수 있게 되었습니다. 콩쥐는 외 갓집에 가는 길에 봄꽃들과 새들을 보며 옛 생각에 잠겨 즐겁 게 길을 걸었습니다.

시냇가에 도착한 콩쥐는 손도 씻고 물고기도 보며 잠시 시간

을 보냈습니다. 그 때 멀리서 사람들 소리가 들려왔습니다.

"길을 비키시오! 감사 나리께서 지나가십니다!"

감사 행차 소리에 놀란 콩쥐는 급히 시냇물을 건너다 그만 신발 한 짝을 물에 빠뜨리고 말았습니다. 얼른 신발을 잡으려 했지만, 신발은 물결을 따라 저만치 떠내려갔습니다. 콩쥐는 할 수 없이 한 쪽 신발을 벗어 품에 안고 맨발로 그 자리를 떠났습니다.

곧이어 감사의 행차가 시냇가를 지날 때, 감사는 시냇가에서 무언가 이상한 기운을 느꼈습니다. 그는 하인에게 시냇가를 살펴보라고 했습니다. 한 하인이 시냇가 아래쪽을 살펴보다가, 물속 나뭇가지 사이에 걸린 신발 한 짝을 발견했습니다.

하인은 신발을 감사에게 보이며 다른 특별한 것은 없다고 했습니다.

감사는 그 신발을 가지고 있으라고 했습니다.

관청에 도착한 감사는 아까 그 신발의 주인을 찾으라고 사람들을 마을로 보냈습니다.

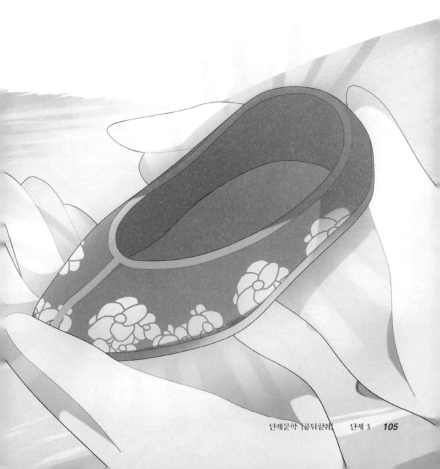

7장 외가에 도착한 콩쥐

외갓집에 도착한 콩쥐는 외삼촌과 외숙모에게 인사를 드렸습니다. 콩쥐가 무사히 온 것을 본 외삼촌 부부는 기뻐하며, 어머니를 잃은 콩쥐를 위로하고 맛있는 음식을 차려주었습니다.

그러나 콩쥐가 와서 심기가 불편해진 새엄마는 콩쥐에게 눈총을 쏘며 어떻게 왔는지 매섭게 물어보았습니다. 콩쥐가 선녀와 새들이 도와준 것을 자세히 이야기하자, 새엄마는 더 화가 나서 눈이 휘둥그레지고 얼굴이 새파래졌습니다. 외갓집에 모인 손님들은 여기저기서 콩쥐의 딱한 사정을 이야기하며 그녀를 칭찬했습니다.

바로 그 때, 감사의 관리들이 신발 주인을 찾으러 왔습니다.
"여기 잔치에 마을 사람들이 모두 모였다고 하여 사람을 찾
으러 왔소이다."
"예 나리, 어떤 사람을 찾으십니까?"
"이 신발 주인을 찾고 있소."

관리는 냇가에서 주운 신발 한 짝을 사람들에게 보여주었습
니다. 그리고 잔치에 모인 사람들에게 신발을 신어보라 했습
니다.

얼굴이 두꺼운 새엄마는 자신이 신발 주인이라며, 새 신발을 잃어버린 후 너무 아까워 잠을 한숨도 못 잤다고 말했습니다. 관리가 새엄마를 보며 말했습니다.
"당신이 주인이라면 이리 와서 신어보시오."

하지만 새엄마는 신발을 신어보지 않고 관리에게 화를 냈습니다.
"아니, 나를 못 믿는 거예요? 어제 벌판에서 잃어버린 내 신발이 맞으니 빨리 내놔요."
"당신 신발이 맞으면 신어 보면 될 거 아니오!"

결국 관리들이 새엄마에게 신발을 신겨보았습니다. 그러나
신발은 새엄마에게 너무 작았습니다. 관리들은 신발이 자기
것이라 우기는 새엄마에게 무례하다고 말했습니다.

그 후, 관리들은 잔치에 모인 다른 사람들에게도 신발을 신
어보게 했지만, 주인을 찾지 못했습니다.

8장 신발 주인과 김 감사

바로 그 때, 한 할머니가 관리를 불렀습니다.
"여기 콩쥐라는 아가씨가 오는 길에 신발을 잃어버렸다네요.
아마 아가씨가 부끄러워 이야기를 못 한 것 같으니, 신발을
한 번 신어보게 해주시오."

그 말을 들은 관리는 콩쥐에게 신발을 신어보라고 했습니
다. 부끄러워하던 콩쥐는 겨우 발을 내밀어 신발을 신었습니
다. 모든 사람이 쥐 죽은 듯이 가만히 신발을 바라봤습니다.
신발은 콩쥐의 발에 딱 맞았습니다.

관리는 콩쥐에게 허리를 굽혀 인사했습니다. 관리는 콩쥐를
관청에 모셔 가려 했지만, 콩쥐는 외삼촌과 함께 가기로 했
습니다.

콩쥐는 가마를 타고 관청에 도착했습니다. 외삼촌이 먼저 관청 안으로 들어갔습니다. 관리가 감사에게 신발 주인을 찾았다고 알렸습니다. 그 소식을 들은 감사는 기뻐했습니다. 감사가 이리 기뻐하는 데에는 그만한 이유가 있었습니다.

김씨 성을 가진 새로 부임한 감사는 몇 해 전 부인을 잃고, 자녀도 없이 홀아비가 되었습니다. 그는 하루 종일 혼자 시간을 보내면서, 자연스럽게 이상한 습관이 하나 생겼습니다. 그것은 신기한 일들을 연구하는 습관이었습니다. 원래도 학문에 조예가 깊었지만, 유독 이해할 수 없는 신기한 일들을 보면 시간 가는 줄 모르고 연구하곤 했습니다.

김 감사는 부임하던 날, 시냇가에서 발견한 신발에서 말로 표현할 수 없는 느낌을 받았습니다. 마치 이 세상의 물건이 아닌 것처럼 느껴졌던 것입니다. 그래서 그는 신발 주인에 대해 호기심이 생겼습니다. 그런데 이제 그 신발 주인이 관청으로 왔다고 하니, 그는 몹시 놀랐던 것입니다.

김 감사는 콩쥐 외삼촌에게 물어보았습니다.
"도대체 신발 주인이 누구길래 신발에서 이렇게 신기한 기운이 느껴진단 말이오?"
하지만 외삼촌도 그 이유를 알 수 없었습니다. 그러자 김 감사는 콩쥐에게 직접 물어보았습니다.

잠시 침묵이 흐르고, 콩쥐는 정중하게 김 감사에게 엄마의 죽음부터 지금까지의 일들을 낱낱이 이야기했습니다.

콩쥐의 이야기를 들은 김 감사는 한동안 아무 말도 하지 못했습니다. 마음 한편에선 깊은 감동과 기쁨이 밀려왔습니다.
'이런 훌륭한 여인을 내 아내로 맞이하면 얼마나 좋을까?'
그 생각에 잠긴 김 감사는 곧 콩쥐에게 청혼을 했습니다.

콩쥐는 김 감사의 청혼을 받아들였지만, 아버지의 허락을 먼저 받아야 한다고 말했습니다. 콩쥐의 결혼을 반대할 이유가 없었던 아버지는 흔쾌히 허락했습니다. 콩쥐 아버지는 콩쥐를 아름답게 꾸며 김 감사에게 시집을 보냈습니다.

결혼 후, 김 감사 부인이 된 콩쥐는 남편과 함께 어려운 사람

들에게 돈과 곡식을 나눠주었습니다. 김 감사 부부에 대한 칭찬이 가는 곳곳마다 들렸습니다. 그렇게 두 사람은 아들과 딸을 낳고, 백성들에게 칭찬받으며 오래오래 행복하게 살았습니다.

단계문학

콩쥐팥쥐

단계 4

어휘 통계

명사	대명사	동사	형용사
639	**20**	**352**	**83**

부사	접속어	고유어	한자어
120	**22**	**51.9%**	**14.1%**

문장의 난이도

1	2	3	4	5	6	7

어려움   쉬움

문단별 난이도

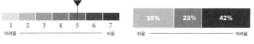

쉬움 ——————————— 어려움

어휘의 난이도

1	2	3	4	5	6	7

쉬움 ——————————— 어려움

문장 길이 분포

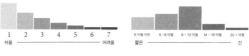

5 어절 미만   6 - 8 어절   9 - 13 어절   14 - 19 어절   20 + 어절

짧은 ——————————— 긴

1장 엄마를 잃은 콩쥐

  조선 중기, 전라도 전주에 관직에서 퇴직한 최만춘이라는 사람이 아내 조씨와 20여 년을 함께 살았다. 하지만 부부에게는 자녀가 없어 큰 걱정이었다. 자녀를 얻기 위해 부부는 기도와 불공을 드리고, 딱한 사람들을 도우며 살았다. 그러던 중, 하늘이 감동했는지 부부는 신기한 꿈을 꾸고, 이후 아내가 임신을 하게

되었다.

열 달이 차고, 그윽한 향기와 함께 선녀 같은 딸이 태어났다. 부부는 딸을 '콩쥐'라 이름 짓고, 사랑으로 소중히 길렀다. 하지만 어느 날, 콩쥐네 가정에 불행이 찾아왔다. 타고난 운명 때문인지, 하늘의 질투였는지 콩쥐가 태어난 지 겨우 백일 만에 어머니가 세상을 떠난 것이다. 뜻하지 않게 콩쥐 아빠는 홀아비가 되고 말았다.

콩쥐 아빠는 외롭고 슬플 때마다 죽은 아내를 떠올렸다. 그는 매일 배고파 우는 콩쥐를 안고, 동네 아주머니들에게 젖을 얻어 먹였다. 일 년 동안 그는 많은 고생을 했다. 콩쥐의 젖 찾는 소리를 들었다면, 죽은 엄마가 얼마나 많은 눈물을 흘렸을까?

어느 깊은 밤, 콩쥐는 두 팔을 허우적거리며 엄마를 찾았다. 그 모습을 본 콩쥐 아빠의 마음은 새까맣게 타들어 갔다. 이런 고생 속에서도 세월은 흘러, 콩쥐가 어느덧 열 살이 되었다. 이제 콩쥐는 아빠에게 밥을 지어주고, 옷도 만들어줄 만큼 성장했다. 고진감래라더니, 콩쥐 아빠의 고생이 드디어 호강으로 바뀌었다.

2장 새엄마 배 씨

콩쥐가 열네 살이 되었을 때, 아버지 최만춘은 배씨 성을 가진 과부와 재혼했다. 최만춘은 배 씨를 사랑했고, 그녀에게 집안의 모든 일을 맡겼다. 그 후로 콩쥐 아버지는 집안을 전혀 돌보지 않았고, 이때부터 콩쥐는 남몰래 고생하며 억울한 시간을 보내게 되었다.

새엄마 배 씨는 팥쥐를 낳은 후 남편을 잃고 과부가 되었다가 콩쥐의 아버지와 재혼한 사람이었다. 원래 이기적이고 사나운 성격을 지닌 배 씨는 자기 자신만 생각했다. 그녀의 딸 팥쥐 역시 마음씨도 나쁘고 외모도 못난 아이였다. 팥쥐는 자주 콩쥐가 하지도 않은 일을 고자질하며, 콩쥐가 혼나는 것을 즐거워했다. 새엄마와 팥쥐가 수군거리기만 하면 어김없이 콩쥐에게 어려운 일이 닥쳤다.

콩쥐의 아버지는 새엄마에게 푹 빠져 있었고, 새엄마의 말이라면 팥으로 메주를 만든다고 해도 철석같이 믿었다. 결국, 콩쥐는 아버지에게조차 구박을 받으며 점점 더 힘겨운 나날을 보내야 했다.

3장 검은 소의 선물

하루는 새엄마가 두 딸을 불러 놓고 말했다.

"시골에서 살려면 농사일을 알아야 한다. 콩쥐는 오늘부터 밭에 나가 김을 매거라. 팥쥐는 아직 어리니 집에 두고 싶지만, 콩쥐가 편애한다고 할 테니 팥쥐도 같이 가서 김을 매게 하겠다."

그렇게 새엄마는 팥쥐에게 튼튼한 호미를 주고 집 근처의 모래밭으로 보냈다. 반면, 콩쥐에게는 나무 호미를 주고 산속 내리막 자갈밭으로 보냈다.

콩쥐는 점심도 먹지 못한 채 나무 호미로 잡초를 뽑기 시작했다. 그러나 한 줄도 다 뽑지 못한 채 호미가 부러지고 말았다.

콩쥐는 집에 돌아가면 부러진 호미와 마치지 못한 밭일 때문에 새엄마에게 혼나고, 저녁조차 먹지 못할 거라 생각했다. 마음씨 나쁜 새엄마 때문에 콩쥐의 마음은 점점 작아졌다.

결국, 콩쥐는 바닥에 털썩 주저앉아 하늘을 보며 눈물을 흘리고 있었다.

그럴 즈음 홀연히 하늘에서 검은 소 한 마리가 내려와 콩쥐에게 물었다.

"무슨 일로 그렇게 우느냐? 자세히 이야기해 보아라."

콩쥐는 자신이 겪은 모든 일을 검은 소에게 털어놓았다. 이야기를 들은 검은 소는 말하였다.

"지금 바로 가서 아랫물에서 발을 씻고, 중간 물에서 손을 씻은 뒤 윗물에서 낯을 씻고 오너라."

콩쥐는 검은 소의 말대로 물가에 가서 손발과 얼굴을 씻고 돌아왔다. 그러자 검은 소는 콩쥐의 치마 위에 좋은 호미와 온갖 과일을 치마폭에 내려놓고는 홀연히 사라졌다.

배가 고팠지만, 콩쥐는 부모님께 보여드린 후 동생 팥쥐와 나누어 먹으려 과일을 하나도 먹지 않았다. 그리고 검은 소가 준 좋은 호미로 남은 잡초를 모두 뽑아낸 후 집으로 돌아왔다.

하지만 집에 도착했을 때, 이미 문은 굳게 닫혀 있었고, 방 안에서는 가족들이 저녁을 먹고 있는 소리가 들려왔다.

콩쥐는 문틈으로 과일을 먼저 넣고, 간신히 문틈 사이로 몸을 밀어 넣어 들어왔다. 그 순간 마당에 나온 새엄마와 눈이 마주쳤다.

"콩쥐, 너 김 매러 가서 김은 다 맸느냐? 빨리 와서 밥도 먹고, 다른 일도 해야지. 여태 뭐 하고 있었어? 그런데 이 과일들은 또 뭐야? 이거 분명 불공에 쓰는 과일 같은데, 어느 스님을 홀려 가져온 것이 아니야? 이런 일을 네 아버지께서 아시면 큰일 나지 않겠느냐?"

새엄마는 팥쥐를 불렀다.

"얘, 팥쥐야. 이걸 빨리 먹어 버리고, 아버지 눈에 띄지 않게 해라. 언니는 실컷 먹었을 테니, 너 혼자 다 먹거라."

그날 밤, 콩쥐는 과일은커녕 저녁밥도 먹지 못한 채, 밤새 울었다.

4장 깨진 물 항아리와 두꺼비

그 뒤로 콩쥐에게 다사다난한 날들은 계속되었다. 어느 날, 새엄마가 콩쥐에게 새로운 일을 시켰다.

"오늘은 부엌에 있는 빈 독에 물을 채워 놓아라."

콩쥐는 새엄마의 말대로 독에 물을 부었다. 하지만 아무리 물을 부어도 독은 전혀 차지 않았다. 콩쥐는 아침부터 저녁까지 물을 길었고, 땀은 비 오듯 흐르고 허리는 아파왔다. 너무 힘들었지만, 그만둘 수는 없었다.

콩쥐가 우물로 다시 가려던 순간, 두꺼비 한 마리가 엉금엉금 기어와 말했다.

"콩쥐야, 아무리 물을 부어도 독이 깨져서 차지 않아. 다행히 독이 조금만 깨졌으니, 내가 들어가서 막아 볼게. 독을 기울여 주렴."

그러나 콩쥐는 정중히 사양했다.

"제가 타고난 고생을 남에게 떠넘길 순 없습니다."

두꺼비는 크게 소리치며 말했다.

"하지만 이건 너를 고의로 괴롭히려는 새엄마의 계략이야. 나는 수백 년을 인간들과 함께 살아왔는데, 어찌 너를 못 본 척하겠느냐? 이 늙은이의 뜻을 거절하지 말거라!"

콩쥐는 두꺼비에게 고마움을 전하고 독을 기울였다. 두꺼비는 엉금엉금 기어가 독의 바닥을 막았다. 콩쥐가 독을 다시 세우고 물을 부으니, 이번엔 금세 독이 가득 찼다.

콩쥐가 새엄마에게 독에 물을 다 채웠다고 아뢰자, 새엄마는 겉으로는 웃으며 기뻐했지만 속으로는 의심이 가득했다.

"지난번엔 난데없이 과일을 가져오더니, 이번엔 깨진 독에 물을 다 채웠다고? 뭔가 수상해. 도대체 콩쥐 쟤는 어떻게 남들이 할 수 없는 일을 해내는 거지?"

새엄마는 속으로 무언가 다른 계략을 꾸미기 시작했다.

5장 남겨진 콩쥐와 기적

콩쥐는 여전히 고생스러운 나날을 보내고 있었다. 그러던 중, 콩쥐의 외갓집에서 잔치가 열렸고, 콩쥐도 초대를 받았다. 그러나 염치없는 새엄마는 콩쥐의 친엄마 쪽 잔치라는 건 아랑곳하지 않고 혼자 신이 나 있었다.

"콩쥐야, 외갓집은 내가 다녀올 테니, 너는 집이나 잘 지키고 있어라. 만약 외갓집에 오고 싶다면, 베를 다 짜고 벼 세 가마를 다

찢어 놓고 오도록 해라."

　말을 끝낸 새엄마는 비단저고리를 입고 아끼던 예쁜 신으로 소란스레 멋을 부렸다. 그리고 팥쥐만 데리고 잔치에 떠났다.

　남겨진 콩쥐는 어쩔 수 없이 마당에 벼 세 가마를 펼치고, 베틀에 올라 베를 짤각짤각 짜기 시작했다. 하지만 혼자서 그 많은 일을 해내는 것은 도저히 불가능했다. 콩쥐의 눈에는 하염없이 눈물이 고여 흘러내렸다.

　그때, 찬란한 비단 옷을 입고 신비로운 향기를 풍기는 한 여인이 베틀 앞에 나타났다.

"제가 비록 재주는 없지만, 베틀만 빌려주시면 베를 짜 드릴게요. 아가씨는 잔치에 갈 준비를 하세요."

콩쥐가 베틀에서 내려오자, 여인은 놀라운 속도로 베를 짜기 시작했고, 금세 작업을 끝냈다.

"아가씨, 이제 모든 일이 끝났으니 잔치에 가세요. 가는 길에 좋은 기회도 있을 테니 조금만 더 견뎌보세요."

여인은 비단 보자기를 풀어 콩쥐에게 새 옷과 댕기, 그리고 새 신발을 선물로 주었다.

"나는 선녀에요. 옥황상제께 금방 다녀오겠다고 허락을 받고 온 거라 오래 머물 수는 없어요."

그 말을 남기고는 선녀는 서둘러 하늘로 날아가 버렸다.

콩쥐는 정신을 겨우 차리고 마당으로 나가 막대기를 집어 들었다. 볏단 위에서 벼를 쪼아 먹던 새 떼가 날아가자, 그 자리에 껍질이 벗겨진 알맹이들만 남아 있었다. 알고 보니 새들은 벼를 먹은 것이 아니라 껍질을 벗겨준 것이었다.

6장 신발 한짝을 잃어버린 콩쥐

　이제 콩쥐는 건넛마을 외갓집 잔치에 갈 수 있게 되었다. 콩쥐
가 길을 나서자 봄 기운에 꽃들이 활짝 피어 있었고, 하늘에는
새들과 작은 짐승들이 봄날을 즐기고 있었다. 콩쥐는 그윽한
추억에 잠겨 길가에 핀 꽃과 나비에게 장난을 치며 즐겁게 길을

걸었다.

 길을 걷다 시냇가에 도착한 콩쥐는 물고기들이 노니는 모습을 보며 손을 씻고, 물에 돌을 던지며 잠시 쉬고 있었다.

 그때, 뒤편에서 관리의 행차 소리가 요란하게 들렸다. 행차는 위엄 있게 행진하며 사람들의 통행을 막고 있었다. 깜짝 놀란 콩쥐는 허겁지겁 시냇물을 건너려다가 그만 신발 한 짝을 물에 빠뜨리고 말았다. 무섭고 다급한 마음에 콩쥐는 신발을 찾을 여유도 없이 외가로 달려갔다.

잠시 후, 관리의 행차가 그 길을 지나가던 중 관리가 시냇가에서 이상한 기운을 느꼈다. 그는 부하에게 시냇가 주변을 살펴보라고 명령했다. 그러나 별다른 것은 발견되지 않았고, 물속에 신발 한 짝만이 떠 있을 뿐이었다.

관리는 그 신발을 보고 기이하게 여겨, 신발을 챙겨 두라고 지
시했다.

관청에 돌아온 관리가 곧바로 사람들을 여러 마을로 보내며,
신발의 주인을 찾으라고 명했다.

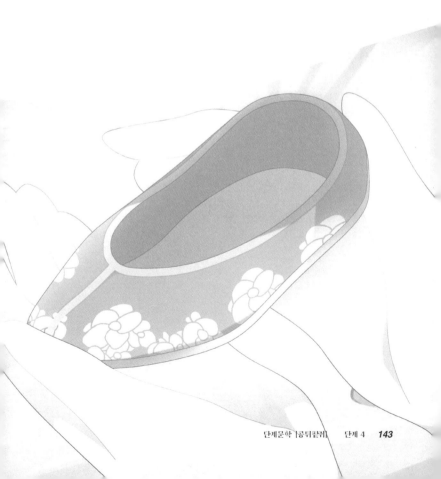

7장 외가에 도착한 콩쥐

외갓집에 도착한 콩쥐는 외삼촌과 외숙모께 인사를 드렸다. 못 올 줄 알았던 콩쥐가 찾아오자, 외삼촌 부부는 무척 기뻐하며, 고생하던 콩쥐를 진심으로 위로하고 좋은 음식을 차려 주었다.

콩쥐를 본 새엄마는 아연실색하며 무섭게 물었다.

"할 일은 다 마쳤느냐? 집은 왜 비워두고 왔어? 이 옷은 어디서 훔쳐 입은거냐?"

새엄마의 괴롭힘에 어쩔 수 없이 콩쥐는 선녀와 새들 이야기를 자세히 털어놓았다. 그 말을 들은 새엄마는 흉악한 속내 때문에

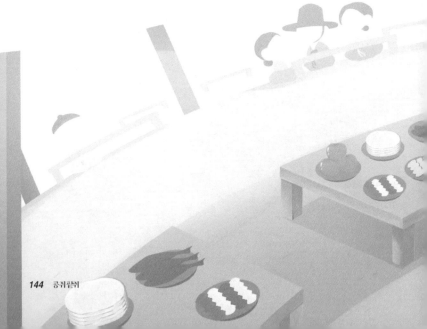

눈이 튀어나올 듯했고, 얼굴은 청기와처럼 새파래졌다.

온 집안이 터져나갈 듯 손님들이 모여들었다. 여기저기서 불쌍한 콩쥐 이야기가 오가며, 콩쥐를 향한 칭찬이 자자했다. 그런데 그때, 관리의 부하들이 들어와 크게 외쳤다.

"여기, 신발 주인을 찾고 있소! 신을 잃어버린 사람은 앞으로 나오시오!"

그러자 새엄마가 관리의 부하 앞에 나섰다.

"저기요, 관차님! 그 신발은 제 것이에요. 한 짝을 잃어버리고 너무 아까워서 잠도 못 잤어요. 이리 주세요. 그건 어제 사서 잃어버린 제 신발이에요."

관리의 부하가 새엄마에게 물었다.

"그렇다면, 어디서 어떻게 신발을 잃어버렸는지 말해보시오. 나는 이 신발의 주인을 관청으로 데려오라는 명령을 받았소. 만약 당신이 주인이 맞다면, 와서 신어보시오."

부하가 신발을 내려놓자, 새엄마는 큰 소리로 화를 내며 신발을 빼앗으려 했다.

"아니, 신발 주인이 달라는데 왜 신어보라고 하는 거예요? 내 신발이 아니라고 의심하는 거예요? 어제 잔칫집에 오는 길에 벌판에서 잃어버렸어요! 이래도 내 말을 못 믿겠어요? 잔말 말고 어서 주세요!"

부하는 잠시 망설였지만, 결국 새엄마에게 신발을 신겨보았다. 그러나 새엄마의 발은 신발 중간까지도 들어가지 않았다.

부하는 새엄마의 무례한 태도를 나무라며, 다른 사람들에게 차례대로 신발을 신어보게 했다. 하지만 신발이 맞는 사람은 아무도 없었다.

8장 신발 주인

 잔치집에 신발 주인이 나타나지 않자, 관리들은 다른 곳으로 가려 했다. 하지만 콩쥐는 아무 말도 하지 못한 채 가만히 있었다. 그때, 마루에 앉아 있던 한 할머니가 관리를 불렀다.

 "관청에서 왜 신발 주인을 찾는지는 모르겠지만, 여기 콩쥐 아가씨가 신을 잃어버렸다고 하네요. 아가씨가 부끄러워 말도 못하고 이리 가만히 있으니, 관리께서 아가씨에게 신을 신어보게 해주세요. 이 신은 아가씨가 태어나 처음 얻은 신발이라 합니다."

 관리들은 그 말을 듣고 콩쥐를 불러 신을 신게 했다. 콩쥐는 부끄러워 얼굴을 붉히며 살며시 발을 내밀어 신발을 신었다. 신발은 콩쥐의 발에 딱 맞았다. 의심할 여지 없이 그 신발은 콩쥐의 것이었다.

관리는 콩쥐에게 허리를 굽혀 정중히 인사한 뒤, 곧 가마를 가져와 콩쥐를 관청까지 모시려 했다. 하지만 콩쥐는 무섭고 의심스러워 외삼촌과 동행하기로 했다.

콩쥐의 가마가 관청에 도착하자, 외삼촌이 먼저 관청 안으로 들어갔다. 관리가 신발 주인을 찾았다고 보고하자, 신발 주인 소식을 눈이 빠지게 기다리던 김 감사는 몹시 기뻐했다.

김 감사는 이번에 새로 부임한 관리로, 성은 김씨였다. 그는 일찍이 자녀 없이 부인을 잃고 홀아비가 되었다. 이후 재혼하지 않고 독신으로 지내며 세월을 보내던 김 감사는 자연스레 신기한 일들을 연구하는 버릇이 생겼다. 그래서 작은 일이라도 기이하다고 느끼면, 끝까지 그 이유를 알아내고 말았다.

김 감사가 부임하던 그날에도, 그는 시냇가에서 발견된 신발에서 무언가 신비한 기운을 느꼈다. 그래서 그 신발의 주인을 만나고 싶은 마음이 간절했다. 그런데 관리들이 명령을 성실히 이행해 이렇게 빨리 신발 주인을 찾아왔다는 소식을 듣자, 김 감사는 매우 놀라면서도 크게 기뻐했다.

김 감사는 콩쥐의 외삼촌에게 물었다.

"어떤 처녀이기에 신발에서 이렇게 신기한 기운이 느껴진단 말입니까?"

하지만 외삼촌도 그 신기한 기운의 이유를 알 수 없었다. 결국 콩쥐가 직접 그 사연을 말하게 되었다. 콩쥐는 친어머니의 죽음부터 새엄마가 들어온 후 겪은 고난과 모든 일을 세세히 김 감사에게 털어놓았다.

김 감사는 그 이야기에 놀라면서도 깊은 감명을 받았다. 그는 기쁜 마음으로 콩쥐의 외삼촌에게 콩쥐와 혼인하고 싶은 뜻을 전하며, 콩쥐의 생각을 물었다.

"제가 어찌 복종하지 않을 수 있겠습니까? 하지만 먼저 아버지와 상의한 뒤 돌아와 다시 말씀드리겠습니다."

콩쥐의 아버지 최만춘은 혼인을 반대할 이유가 없었다. 그는 기꺼이 허락하고, 혼인 날짜를 잡았다. 이후 콩쥐는 최대한의 예를 갖추어 김 감사의 부인으로 시집가게 되었다.

김 감사와 콩쥐는 아들 셋과 딸 하나를 낳고, 화목하고 즐겁게 살아갔다. 김 감사는 콩쥐의 아버지에게도 현숙한 여인을 찾아 함께 살도록 도와주었다. 그는 항상 선한 마음으로 사람들을 대했고, 어려운 이들에게 돈과 곡식을 아낌없이 나눠 주었다.

모든 백성은 김 감사 부부의 선행을 한 목소리로 칭찬하며 그들을 존경했다.

단계문학
콩쥐팥쥐

⚠️ 콩쥐팥쥐 원문(단계5)은 고등학생부터 읽기를 권장합니다.
자극적인 표현이 있어 초등, 중등에는 적합하지 않습니다.

단계 5

어휘 통계

명사	대명사	동사	형용사
1032	**48**	**732**	**147**

부사	접속어	고유어	한자어
248	**38**	**46.4**%	**13.7**%

문장의 난이도

1 2 3 4 5 6 7
어려움   쉬움

문단별 난이도

68%   15%   17%

쉬움   어려움

어휘의 난이도

1 2 3 4 5 6 7
쉬움   어려움

문장 길이 분포

6 어절 미만   6 - 8 어절   9 - 13 어절   14 - 19 어절   20 + 어절
짧은   긴

1장 엄마를 잃은 콩쥐

조선 시대 중엽, 전라도 전주 서문 밖에 최만춘이라는 한 퇴직 관리가 아내 조씨와 이십여 년을 같이 살아왔건만 슬하에 자식이 없어 근심하며 기도와 불공도 하고 곤궁한 사람에게 적선도 하였는데, 그러는 사이에 하늘이 감동하였는지 하루는 부부가 신기한 꿈을 얻고 이내 부인에게 태기가 있었다.

열 달이 차자 갑자기 그윽한 향기가 방 안에 감돌며 문득 한 옥녀를 낳았으니, 딸아이의 이름을 콩쥐라 지어 애지중지 길렀다. 그러나 그 모친의 천명이 그만이었던지 조물주의 시기함인지 콩쥐가 태어난 지 겨 백일 만에 조씨 부인이 세상을 하직하게 되니, 최만춘은 뜻하지 않게 중년에 홀아비 신세가 되어 버렸다.

만춘은 외롭고 쓸쓸할 때면 죽은 아내를 생각하여 눈물을 흘리며 어린 콩쥐를 안고 다니면서 동네 아낙네들의 젖을 얻어먹였다. 그러나 하루 이틀도 아니고 일 년을 그랬으니 그 고생이 어떠하였을 것인가? 철 모르는 콩쥐가 젖 찾는 소리를 죽은 어미의 혼이 만약 있어 들었다면 그 흘리는 눈물이 변하여 비라도 되었으리라.

하루는 콩쥐가 으슥한 깊은 밤에 빈 방에서 두 팔을 허우적거리며 어미를 찾으니 최만춘의 마음은 그대로 녹는 듯하였다. 그러나 그런 고생도 한 해가 가고 두 해가 가니, 쉬지 않고 흐르는 것이 세월이라, 어린 콩쥐의 나이 십여 세에 이르게 되었다. 그러자 오히려 이제는 고생이 호강으로 바뀌어 그 딸이 지은 밥을 먹고 그 딸이 지은 옷을 입게 된 것이다.

2장 콩쥐 새엄마 배 씨

콩쥐가 열네 살이 되던 해에 최만춘은 배 씨라는 과부를 얻어 금실의 즐거움을 얻게 되었다. 그리하여 최만춘은 모든 집안일을 배 씨에게 맡기고 살림이 어떻게 되어 가는지 몰랐다. 이 때부터 콩쥐는 남 모르게 고생을 하게 되었고 설움이 아니면 날을 보내지 못하는 신세가 된 것이다.

원래 배 씨는 시집을 갔다가 팥쥐라는 딸 하나를 낳은 후 남편을 여의고 과부가 되었는데, 좋은 중매로 최 씨의 가문에 들어온 터였다. 그러나 천성이 요사 간악 사특하였으며, 그 딸 팥쥐 역시 마음이 곱지 못하고 얼굴조차 덕스럽지 못하였다. 그런만큼 터무니없는 모함으로 고자질하기가 일쑤요, 콩쥐가 못 되는 것을 자기가 잘 되는 것보다 상쾌하게 생각하였다. 그리하여 모녀 사이에 소곤거림이 그치면 콩쥐의 신변에는 참혹한 일이 벌어졌으나 그 부친은 한번 배 씨가 눈에 든 다음부터는 배 씨의 말이라면 팥으로 매주를 쑨다 해도 곧이듣게 되니, 허물없는 콩쥐를 오히려 구박하여 마지아니하였다.

3장 검은 소의 선물

하루는 배 씨가 두 딸을 불러 놓고,

"시골 사는 계집애가 농사일을 몰라서는 목구멍에 밥알이 들어가지 않으니 콩쥐는 오늘부터 들판으로 김을 매러 다녀라. 팥쥐는 너보다 한 살 덜 먹었고 아직 어린것이라 어찌 김을 맬 수 있으랴만 그렇다고 집에 있으면 콩쥐가 제 자식만 사랑한다 할 것이니, 팥쥐 너도 오늘부터 김을 매러 다니도록 해라."

하고 팥쥐에게는 쇠호미를 주어 집 근처 모래밭을 매게 하고, 콩쥐에게는 나무호미를 주어 산비탈에 있는 자갈밭을 매게 하는 것이었다.

콩쥐는 점심도 얻어먹지 못하고 호미도 나무로 만든 것이라 밭 한 고랑도 못 매어서 목이 부러져 버리니, 마음씨 나쁜 계모로 말미암아 기를 펴지 못하는 콩쥐의 마음이야 어찌 다 형언할 수 있으랴? 집에 돌아가면 호미를 부러뜨린 것도 죄목이 될 것이며 김을 얼마 매지 못한 것도 허물이 될 티이니 저녁은 별수없이 굶게 될 형편이다. 어리고 약한 마음에 천지가 아득하여져 어찌할 줄을 모르고 울고만 있었다.

그럴 즈음 홀연히 하늘에서 검은 소 한 마리가 내려오더니 콩쥐를 보고 묻는 것이었다.

"너는 무슨 일이 있기에 그토록 우느냐? 내게 자세한 이야기를 해 보아라."

콩쥐가 전후 일을 이야기하자 검은소가 말하였다.

"그렇다면 너는 곧장 하탕에 가서 발 씻고, 중탕에 가서 손 씻고, 상탕에 가서 낯 씻고 오너라."

콩쥐는 그 말대로 손발과 얼굴을 씻고 한참 후에 돌아왔다. 그러자 검은 소는 좋은 호미와 온갖 과실을 치마폭에 싸 주고는 홀연히 사라져 버리는 것이었다.

콩쥐는 그것을 받았으나 아버지께도 보여 드리고 어머니께도 이야기하며 팥쥐와도 똑같이 나누어 먹겠다는 생각으로 하나도 입에 넣지 않았다. 그리고 잠시 동안에 몇 마지기 밭을 매어 놓고 집으로 돌아왔다. 그러나 벌써 문은 굳게 닫혀 있었고, 안에서는 저녁밥을 지어 팥쥐와 함께 앉아 맛있게 먹고 있는 것 같았다.

콩쥐는 과실을 문 틈으로 죄다 들이밀고서야 안으로 들어갈 수 있었다. 그러나 그것뿐이라면 오히려 괜찮겠으나 통째로 빼앗긴 그 과실로 말미암아 도리어 콩쥐의 신상에 큰 액운이 덮치게 되었다. 대번에 배 씨의 호령이 떨어졌던 것이다.

"콩쥐야, 이 년! 이리 오너라. 네 이 년, 어른이 시켜서 김인지 뭔지 매러 갔으면 일찍 마치고 돌아와서 밥도 먹고 또 다른 일도 해야 할 게 아니야, 그래 여태껏 무엇을 했느냐? 그리고 과실은 어디서 났단 말이냐? 이게 분명 불공에 쓰는 과실 같은데 저 년이 분명 아무 절 중놈에게 얻은 것이지! 네 그렇지 않고서야 어디서 났단 말이냐? 계집애년이 나이 열댓살 가까워오니까 벌써부터 지나가는 행인을 홀려 먹는단 말이냐? 이런 일을 너의 아버지께서 알아 봐라! 큰일이 나지 않겠느냐? 얘 팥쥐야. 이걸 빨리 먹어 버리고 아버지 눈에 띄지 않게 해라. 눈에 띄는 날이면 언니 년은 죽는 날이다. 언니는 실컷 먹었을 터이니 그만두고 너나 얼른 먹어치워라."

콩쥐는 밥도 얻어먹지 못하고
그 날 밤을 눈물로 새웠다.

4장 깨진 물 항아리와 두꺼비

그로부터 콩쥐에게는 뜻밖의 일과 새로운 고생만이 끊임없이 닥쳐왔다. 하루는 계모 배 씨가 콩쥐에게 새로운 일을 시키는 것이었다.

"오늘은 부엌의 빈 독에 물을 길어다 채워 놓아라."

콩쥐는 그 말대로 물을 길어다 부었다. 그러나 아무리 길어다 부어도 어찌된 독인지 차지를 않았다. 아침부터 진종일 물을 길어 나르다 보니 기운이 빠져서 진땀이 흐르고 고개가 부러지는 것만 같아서 더 물을 길을 수가 없었다. 그렇다고 물을 채우지 않을 수는 없

었다. 그래 다시 방구리를 머리에 얹고 우물로 가려는데 마당 한 쪽에서 맷방석만한 두꺼비 한 마리가 엉금엉금 기어오더니 버럭 소리를 질러 말하는 것이었다.

"콩쥐야. 콩쥐야. 네 암만 물을 길어 부어도 그 독은 밑빠진 독이라 결코 차지 않을 테니 그렇게 혼자 애쓰지 말고 이르는 대로 해라. 그 독의 틈이 손가락 하나 들락거릴 만하다. 네가 그 독을 조금 기울여 주면 내가 그 속에 들어가 한동안 수단을 부리겠다."

그러나 콩쥐는 백 번 사양하며 듣지 않았다.

"내가 타고난 고생을 어찌 남에게 미룰 수 있겠니?"

그러자 두꺼비가 성을 버럭 냈다.

"나도 그런 생각이 없는 바는 아니나 너같이 마음씨 고운 아이를 너의 계모가 일부러 고생시키려고 하는 것이다. 그런데 나로 말하면 인간과 인연이 깊어 몇백 년 나이를 누리며 살아오고 있는 터이므로 나 같은 늙은 것이 그와 같은 일을 돌보지 않을 수가 없어서 각별히 온 것이다. 그런데 네가 어찌 거절하여 이 늙은 것의 깊은 뜻을 업신여기느냐?"

이에 콩쥐는 사례하고 그 물독을 기울여 두꺼비가 엉금엉금 기어 그 밑으로 들어가게 해 주었다.

그리고 독을 바로잡아 놓은 다음 물을 길어다 부으니, 과연 몇 차례 안 해서 독에 물이 가득 찼으므로 계모 배씨에게 물독을 채웠노라고 아뢰니, 배씨는 겉으로 좋아하는 모양을 보였으나 속으로는 이상한 생각을 품지 않을 수 없었다.

"저것이 일전에도 난데없는 과실을 얻어오는 게 수상하더니 이번엔 밑빠진 독에 물을 채워 놓았으니, 아무래도 저 년을 그냥 두었다간 큰일나겠다. 도대체 저 년이 어떻게 된 계집애이기에 남이 할 수 없는 일을 해내는 것일까?"

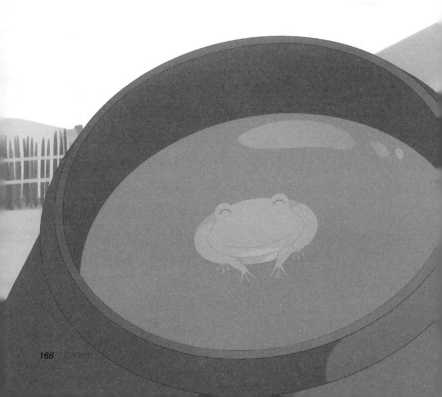

5장 남겨진 콩쥐와 기적

그러구려 세월을 보내는데 콩쥐의 외갓집 조씨 댁에서 무슨 잔치가 있어 콩쥐를 불렀다. 그러자 염치도 없고 인사도 모르는 계모 배씨는 큰 마누라 본가 잔치에 무슨 체면으로 나서려는지 콩쥐는 젖혀 놓고 제가 먼저 날뛰는 것이었다.

"콩쥐야. 너는 집이나 보도록 해라. 내가 잠시 다녀올 테니 만약 너도 가고 싶거든 베짜던 것이나 마치고 말리던 겉피 석 섬만 찧어 놓고 오도록 해라."

그리고는 비단 저고리를 꺼내 입고 싸두었던 진신을 꺼내 신고 한동안 수선을 피우며 맵시를 내더니 팥쥐만 데리고 떠났다.

하는 수 없이 콩쥐는 혼자 처져서 눈물을 흘리며 겉피 석 섬을 마당에 널어 놓고 베틀 위에 올라앉아서 짤깍짤깍 짜기를 시작하였다. 그러나 무슨 재주로 한 필 베를 짜며 석 섬 겉피를 찧으랴? 콩쥐는 얼마나 울었던지 정신을 못 차릴 지경이었다. 그런데 이게 웬일인가? 콩쥐가 한 번도 보지 못한 예쁜 여인이 찬란한 비단옷을 곱게 차려 입고 신기한 향내를 풍기며 뚜렷한 모습으로 베틀 앞에 다가서며 콩쥐를 보고 베틀에서 내려오기를 재촉하는 것이었다.

"내가 비록 재주는 없으나 베틀을 빌린다면 당장에 짜 낼 것이니 아가씨는 곧 떠날 차비를 하도록 하오."

콩쥐가 베틀에서 내려오자 부인은 베틀에 올라앉더니 얼마 안 가서 짜던 것을 다 마치고 베틀에서 내려오며 말하였다.

"아가씨, 이제 일이 끝났으니 어서 외가에 가시오. 또한 도중에서 좋은 기회도 있을 테니 되도록 견디어 보면 차차 고생을 면하고 호강을 누리게 될지도 모르는 일이오."

그러고는 한 비단 보자기를 풀어 헤치더니 새로 지은 옷 한 벌과 댕기와 신발까지 새것을 내주면서,

"나는 하늘에서 내려온 직녀로서 상제의 허락을 받고 이와 같이 왔으니 오래도록 머물지 못하오."

하고는 얼른 몸을 나려 공중으로 날아가는 것이었다.

넋을 잃고 바라보던 콩쥐가 가까스로 정신을 차려 막대기를 집어 들고 일어나서 마당으로 내려가자, 아까부터 겉피 위에 앉아서 겉피를 쪼아 먹던 새 떼가 훌쩍 날아가 버리는데 겉피는 알맹이가 되어 그대로 남아 있었다. 알고 보니 새 떼는 겉피를 쪼아 먹은 게 아니라 껍질을 벗겨 놓았던 것이다.

6장 신발 한짝을 잃어버린 콩쥐

여기서 콩쥐는 건넛마을 외갓집 잔치를 보러 가는데, 때는 바야흐로 춘삼월 좋은 계절이라 여러 가지 아름다운꽃이 모두 스스로 웃기를 마지아니하고 나는 새와 다른 짐승도 각기 그 즐거움을 누리고 있었다. 콩쥐는 또 한 그윽한 감회가 스스로 서려 나는 나비를 희롱하며 웃기도 하고 꽃도 탐내며 두서없는 생각에 잠겨 가는 중에 어느 시냇가에 다다르니 물도 맑고 고기가 떼지어 노니는 것이 볼 만하였다. 콩쥐는 물을 쥐어 손도 씻고 돌도 던져 고기도 놀래 주곤 하였다.

이 때 뒤로부터 감사가 도임하는 행차가 위의를 갖추어 오느라고 벽제 소리를 지르면 잡인을 치우는 바람에 콩쥐는 허겁지겁 시냇물을 뛰어 건너려다 그만 잘못하여 신 한 짝을 물 속에 빠뜨리고 말았다. 그러나 무섭고 다급한 마음에 콩쥐는 감히 신을 건져 보려고도 하지 못한 채 외가로 달려갔다. 뒤따른 행차가 그 길을 지나칠 때였다. 감사가 무심히 앞길을 바라보니 이상한 서기가 눈에 띄었다.

그래서 부하를 지휘하여 그 서기가 떠도는 언저리를 찾아보게 하였다. 그러나 별다른 것은 없고 다만 개울물속에 신 한 짝이 있을 뿐이다. 감사는 심중으로 매우 기이하게 여겨 부하로 하여금 그 신짝을 간수하도록 일러 두었다. 그리고 도임한 후에 곧이어 신짝 잃어버린 사람을 찾아 각처로 사람을 보냈다.

7장 외가에 도착한 콩쥐

이럴 즈음 콩쥐는 외가에 가서 외삼촌과 외숙모께 절하고 뵈니 그때까지 못오는 줄 알고 섭섭히 생각하고 있던 외삼촌 내외는 매우 기뻐하며 어머니가 돌아가신 후로 고생이 많음을 진심으로 위로하여 좋은 음식을 갖추어 차려 주는 것이었다. 그러자 계모 배씨의 기색이 좋지 않았다.

"콩쥐야, 네 짜던 베는 다 짜고 왔느냐? 말리던 겉피도 다 찧어 놓고 왔느냐? 또 집은 어쩌려고 비워 두고 왔느냐? 그 비단옷은 어디서 훔쳐 입었느냐? 응? 어떤 놈이 네 대신 해 주더냐?"

그리고는 남 안 보는 틈틈이 꼬집어 뜯는 것이었다. 콩쥐는 기가 막혀 할 수 없이 그 사이 겪은 바를 낱낱이 아뢰었다.

그러자 콩쥐의 이야기를 듣고 있던 계모는 눈알이 튀어나오며 얼굴색이 청기와처럼 푸르러지니 그 흉악한 속마음을 어찌 다 말할 수 있으랴?

그 때는 온 집안이 터지도록 손들이 모여 있었다. 그러므로 이 구석 저 구석에서 콩쥐의 불쌍한 이야기를 주고받으며 콩쥐의 행실을 칭송하는 소리가 자자하였다. 그런데 이 때 마침 관가에서 차사가 나와 동네를 돌아다니며,

"이 동네 신 한 짝을 잃은 사람이 있거든 이리 와서 말하고 찾아가 거라."

하고 외치면서 바로 콩쥐의 외갓집 문전에 이르더니, 잔치에 모인 사람들에게까지 일일이 그 신을 신겨 보는 것이었다. 그러자 배씨가 관차 앞으로 썩 나섰다.

"여보시오 관차님네! 그 신 임자는 바로 나인데, 그 신짝을 잃고서는 아까운 생각을 참을 길이 없어 간밤에도 잠 한숨 이루지 못하였소. 이리 주시오. 그 신은 어저께 새로 사서 신고 당일로 잃어 버렸소."

관차가 물어 보는 것이었다.

"그러면 잃어버린 곳은 어디며 어떻게 하다가 잃어버렸단 말이오? 이 신짝은 내가 얻은 바도 아니고 이번에 새로 도임하신 감사 사또께서 노중에서 얻으신 거요. 그 신 임자를 찾아 관가로 데려오라는 분부가 계시니 만일 당신이 잃어버린 게 틀림없다면 이리 와서 신어 보시오."

그리고 신짝을 내놓자 배 씨는 버럭 화를 내며 뇌까리고 신발을 빼앗으려 하였다.

"아니, 관차님네 내 말 좀 들어 보소! 내 것 잃고 내가 찾아가는데 신어 보기는 무엇을 신어 보란 말이오? 신어 보지 않으면 내 것이 아닐까 싶어 그러시오? 어제 신은 사서 신고 이 집 잔치에 참례하러 오다가 저 건너 벌판에서 잃어버렸소. 그래도 내 말을 못 믿겠소? 여러 말 말고 어서 이리 주시오!"

관차는 그 하는 모양을 보고는 주저하였으나 발을 내놓게 하고 그 신을 신겨 보았다. 그러나 발은 중턱까지도 들어가지 않았다. 관차는 그 무엄한 짓을 크게 나무라며 다른 사람들로 하여금 차례로 신어 보게 하였다. 그래도 맞는 사람이 없었다.

8장 신발 주인

이윽고 관차들이 다른 곳으로 옮겨가려 하는데, 콩쥐는 천연덕스
럽게 하는 체도 않고 구경만 하고 있었다. 그러자 손님으로 와 있
던 어느 노부인이 당상에 올라앉아 있다가 관차를 불러 이르는 것
이었다.

"그 신발을 잃은 사람을 어째서 관가에서 찾는지는 모르나 이 가운
데 콩쥐라 하는 아가씨가 그 신발을 잃고 찾으려 하면서도 부끄러
워 차마 말씀도 아뢰지 못하는 듯하니, 신 임자를 찾아서 주고 가
시오. 그 아가씨는 생전에 처음으로 얻은 신이라 합니다."

관차가 그 말을 듣고 콩쥐를 불러 내어 신을 신어 보게 하자, 콩쥐
가 부끄러워 낯을 붉히며 간신히 발을 내밀어 얌전한 발부리를 신
짝 안에 들여 놓으니 살며시 쏙 들어가 맞는 것이었다. 의심할 바
없는 콩쥐의 신이었다. 관차가 콩쥐에게 허리를 굽혀 절하고서 이
내 가마 한 채를 꾸며 가지고 와서는 관가로 들어갈 것을 청하였으
나 콩쥐는 아직도 시집가지 않은 처녀의 몸이라 괴이쩍은 생각도
들고 무서운 생각도 없지 않아 외삼촌께 말씀을 여쭙고 동행키로
하였다.

콩쥐의 가마가 관가에 당도하자 관문 앞에서 예복을 가다듬고 외삼촌이 먼저 안으로 들어갔다. 감사는 소식을 고대하던 참이라 신짝을 잃은 처녀가 삼문 밖에 대령하였다는 말을 듣고 적이 놀라는 기색이었다.

이번에 새로 도임한 감사는 성이 김씨였다. 김 감사는 일찍이 아들 하나 두지 못하고 부인을 잃은 고적한 신세였다. 부인이 별세한 후로는 첩도 두지 않고 스스로 마음을 가다듬어 가며 세월을 보내고 있었다. 그런만큼 자연 신기한 것을 즐겨 연구하는 성벽이 생겨 조그마한 일일지라도 눈에 띄고 귀에 들리는 것이 기이하게 여겨지면 기어이 알아 내고야 말았다.

도임하던 그 날만 하더라도 이상한 서기를 보고 또 그 곳에서 새 신짝을 얻었으므로 호기심에서 그 신 임자를 만나 보았으면 하였던 것인데, 뜻밖에도 신 임자를 찾으러 나갔던 관차가 관령만을 중히 여긴 나머지 남의 집 처녀를 데려왔다고 하므로 김감사는 매우 놀랐다.

그래서 감사는,

"어떤 처녀이기에 신짝에게 그토록 서기가 생기는가?"

하고 자세한 연유를 그 외삼촌에게 물었으나 외숙 되는 사람도 서기가 난 까닭에 대해서는 뭐라 대답할 수 없었으므로 결국 콩쥐로 하여금 친히 대답하도록 하였다.

콩쥐는 모친의 상사를 당한 일로부터 시작하여 계모 배 씨가 들어온 이후에 있었던 그 동안의 일을 낱낱이 아뢰었다.

감사는 놀라는 한편 기뻐하며 이윽고 그 외숙에게 콩쥐와 혼인할 뜻을 밝히고 그 의사를 물었다.

"저로서야 어찌 복종을 하지 않을 수 있겠습니까만 그러나 질녀의 부친이 있으니 일단 물러가 상의하고 다시 돌아와 아뢰겠습니다."

최만춘으로서야 콩쥐의 영화를 싫어할 리 만무한 것이었다. 곧 혼인을 승낙하며 한편 택일을 서둘러서 감사의 재취 부인으로 온갖 예를 갖추어 콩쥐를 시집보내게 된 것이다.

이후에 나오는 내용은
고등학생 이상만 읽기를 권장합니다.

9장 콩쥐가 된 팥쥐

그런데 배 씨는 당초에 제가 잘 되어 영화를 누려 볼 요량으로 전날 관차를 속여 제가 잃어버린 신이라 하고 콩쥐의 복을 배앗으려 하다가 발각되어 무안을 당한 후로는 콩쥐를 미워하는 마음이 더욱 심하여졌고, 팥쥐도 또한 샘이 북받쳐 이를 벅벅 갈면서 기회가 오기를 벼르고 있었다.

"콩쥐 저 년이 지금은 저렇게 고운 옷에 단장을 하고서 감사의 부인이 되어 가지만 네가 내 솜씨 앞에서 어차피 엉덩이를 벌리고 앉아서 편안하게 호강은 못 하리라."

하루는 벌써 석류꽃이 한철을 지났고 쓰르라미가 목을 가다듬으며 우는 소리에 문득 세월이 빠름을 깨닫고는 서둘러 조처하여 보리라는 생각이 치밀어오른 팥쥐는 감영 살림채로 콩쥐를 보러 들어갔다.

그 때 사또는 공청에 나가고 다만 홀로 콩쥐가 좋은 옷을 입고 아담하게 꾸며 놓은 후원 연못가의 별당에서 난간에 의지하여 힘있게 솟아 오른 연꽃을 구경하고 있었다. 팥쥐는 거짓으로 반색을 하며 달려들어 눙치는 것이었다.

"에구머니, 형님 그 동안 혼자서만 편안히 지내셨구려? 보기 싫은 이 팥쥐는 형님이 출가하신 후 시시로 형님 생각이 간절하고 어떻게 지내시는지 궁금하여 형님을 보러 왔소. 내가 전엔 철없이 형님한테 응석처럼 한 노릇인데 지금 생각하면 잘못한 것 같아 그 뉘우침이 뼈에 사무친답니다. 그렇더라고 형님은 그런 것을 속에다 품어두시지 마시오. 우리 형제가 범연하게 지내지는 맙시다."

본래 악의가 없는 사람은 속기를 잘하는 법이다. 콩쥐는 그 말을 듣더니 역시 마음이 움직이는 것이었다.

'저것이 아무리 그 전엔 나를 그토록 모해했더라고 그 때는 철을 모를 때요, 이젠 나이가 들어 깨달은 바 있기에 저토록 사과하는 것이니 기특한 일이다.'

이렇게 생각하고는 콩쥐는 좋은 음식도 대접하고 살아가는 형편도 물어보고 하면서 집안 구경도 시켜 주는 것이었다.

이 때 팥쥐는 외양과는 달리 내심으로는, '콩쥐, 저 년을 어떻게 하면 움도 싹도 없어지게 할꼬?' 하는 간악한 심술이 북받쳐 뱃속으로 온갖 꾀를 꾸며가며 콩쥐를 따라 별의별 화초와 온갖 화초를 구경하다가 연당 앞에 이르자 문득 한 묘계를 생각해 내고 목욕하자고 권하였다. 그리하여 콩쥐와 팥쥐는 옷을 못가에 벗어 놓고 연못으로 들어가 목욕을 하게 되었다.

팥쥐는 슬금슬금 콩쥐를 깊은 곳으로 끌고 가서 별안간 연못 속으로 밀어 넣었다. 워낙 순식간의 일이었다. 그러니 어쩔 도리 없이 콩쥐는 그대로 물 속으로 가라앉아 버렸다. 슬프다! 콩쥐가 겨우 잡은 부귀 영화를 마음껏 누려 보기도 전에 이렇듯 연못 귀신이 되고 말 줄이야 누가 꿈엔들 알았으랴?

간특하고 요사스럽고 악한 팥쥐는 콩쥐가 물 속으로 들어간 채 물거품만 두어 번 솟구쳐올렸을 뿐 이내 그대로 잠잠해지는 것을 제 눈으로 보고서야 마음이 통쾌해져서,

"이렇게 쉽게 내 계교대로 되는 것을 쓸데없이 오랫동안 마음을 썩였구나!"

라고 뇌까리면서 입가에 웃음을 띠며 급히 밖으로 나와서는 콩쥐의 옷을 제가 주워입고 제 옷을 거두워 치워 버린 다음 태연한 모습으로 마치 콩쥐인 양 별당 난간에 의지하여 연꽃을 바라보면서 못내 기뻐하는 것이었다.

감사가 이 때 공사를 마치고 내아로 들어가자 계집 하인이,

"마님께서는 후원 별당에서 홀로 연꽃을 구경하고 계십니다."

하므로 감사는 발길을 후원으로 돌렸다.

김 감사는 콩쥐를 맞아들인 후로는 공사만 끝나면 콩쥐와 떨어져

있지 않으려고 하던 터였다. 그러므로 홀로 연꽃을 구경하고 있다는 말을 듣자 자기도 역시 연꽃을 구경하며 아울러 콩쥐가 연꽃을 사랑하는 의취도 들어 보려는 생각에서 급히 별당으로 들어갔다. 그러자 그 때까지 난간에 기대어 꽃구경을 하고 있던 팥쥐가 재빨리 자리에서 일어나 웃음 띤 얼굴로 내려와 맞자 감사도 또한 기쁜 낯으로 부인의 손목을 잡고서 다시 별당 난간으로 올라가 웃으며,

"부인은 연꽃 구경으로 오늘은 얼마나 즐겁소?"

하였다. 그리고 이야기를 하다가 문득 그 얼굴을 보니, 전날의 모습과는 달리 거무티티할 뿐더러 얼기까지 한 것이었다. 그래 크게 놀라 낯빛마저 잃으면서 감사가 그 이유를 물으니 팥쥐는 이렇게 대답하는 것이었다.

"종일토록 이 곳에서 서성거리며 영감께서 오시기를 기다려 일광을 쐬어 이토록 검은 빛이 되었습니다. 얽어 보이는 것은 다름아니라 아까 영감께서 들어오시는 줄 알고 허둥지둥 뛰어가다가 그만 발이 걸려 콩 멍석에 엎어지는 바람에 이 모양이 되었습니다."

이 말을 듣자 감사는 늙은 남편인 자기를 부인이 사모함을 고맙게 여겨 여러 말로 위로하며 다만 얼굴이 변한 것만을 애석하게 여길 뿐, 사람이 바뀐 것은 전혀 깨닫지 못하는 것이었다.

10장 되살아난 콩쥐

며칠이 지난 후였다. 하루는 감사가 몸이 불편하여 일찍 공사를 마치고 들어와 연못가를 배회하고 있노라니 못 가운데에 전날 보지 못하던 연꽃 하나가 눈에 띄는 것이었다. 꽃줄기가 유별나게 높이 솟아나 있을 뿐더러 꽃 모양도 신기하여 아름다움이 비길 데 없으므로 노복으로 하여금 그 꽃을 꺾어다가 별당 방문 앞에 꽂아 놓게 하고 감사는 그 꽃을 사랑하여 마지 아니하였다.

그러나 팥쥐는 일찍이 깨달은 바 있으므로 그와 같이 큰 꽃이 별안간 그다지도 곱고 아름답게 피어난 것을 보고 심상치 않게 생각하던 중이라, 영감이 그 방을 떠나면 들어가 보곤 하였다. 그런데 참으로 괴상한 것은 팥쥐가 그 방에서 나올 때마다 그 꽃송이 속에 손과도 같은 것이 있는 듯 팥쥐의 머리채를 바당바당 쥐어뜯는 것이었다. 그래 팥쥐는,

"요것이 필연 콩쥐년의 귀신이 붙은 것이다."

하고 그 꽃을 뽑아다 불아궁이에 처넣었다.

그 후 팥쥐는 안심하고 콩쥐의 세간도 마구 뒤지며 제 마음대로 하는데 다시금 이상한 일이 벌어졌다. 바로 이웃에 사는 할멈이 불씨

를 얻으려고 감사 댁 내아로 들어와 예전부터 감사 부인과는 친숙한 터라 연못가 별당으로 가서 아궁이에서 불을 떠가려 하였다.

그런데 아궁이 속엔 불은 씨도 없이 꺼져 있고 난데없는 오색 구슬이 한 아궁이 가득하므로 노파는 허겁지겁 구슬을 모조리 치맛자락에 쓸어담아 가지고 집으로 돌아와서 반닫이 속에 감추어 두었다. 그랬더니 천만 뜻밖에도 반닫이 속에서 할멈을 부르는 소리가 나는데, 그 소리가 감사 부인의 목소리와 흡사하였다. 노파가 반닫이 문을 열고 보니 감사 부인이 그 속에 들어앉아 있는 게 아닌가. 그리고 노파에게 자기가 죽게 된 전후 사정을 이야기하고는 이어서 한 묘계를 가르쳐 주는 것이었다.

노파는 감사 부인이 일러 주는 대로 잔치를 베풀어 거짓으로 자기의 생일이라 하고 김 감사를 초대하였다. 김 감사가 노파의 집에 와서 젓가락을 드니 한 짝은 길고 한 짝은 짧아 손에 제대로 잡히지 않으므로 노파의 소홀함을 나무라니 노파가 미처 대답도 하기 전에 홀연 병풍 뒤에서 사람의 소리가 있어 대답하는 것이 아닌가.

"젓가락 짝이 틀린 것은 그렇게 똑똑히 아시는 양반이 사람짝이 틀린 것은 어째서 그토록 모르시나요?"

'내외의 짝이 틀리다니 이 어쩐 말인고?'

감사가 속으로 이렇게 생각하다가 그 동안 아내의 거동에 종종 괴상한 일이 있었음을 갑자기 깨닫고 바삐 돌아가 알아보리라 생각하고 급히 자리에서 일어서려 할 때 별안간 병풍 뒤에서 녹의 홍상을 입은 한 미인이 앞으로 나와 감사에게 절하며 묻는 것이었다.

"영감께서는 첩을 몰라 보십니까?"

감사는 깜짝 놀라 어찌할 바를 모르고 당황하다가 빨리 사연을 말하라고 하였다.

"첩은 의붓동생인 팥쥐에게 해를 입어 연못 귀신이 되었습니다. 그러나 기왕 이렇게 되었으니 영감께서는 그 팥쥐와 함께 내내 안녕하시기 바랍니다."

감사가 곧 팥쥐를 잡아 문초하며 또한 사람들을 시켜서 연못을 치게 하니, 과연 콩쥐의 시체가 웃는 낯으로 누워 있었다.

급히 건져 내어 염습하려 할 때 죽었던 콩쥐가 다시 숨을 돌리며 살아났다. 그러자 그 때 노파의 집에 있던 콩쥐는 홀연히 온데간데없이 사라졌다. 이에 모든 관속과 읍내에사는 백성들까지도 이 신기한 일에 놀라지 않는 사람이 없었다.

11장 콩 심은 데 콩 나고, 팥 심은 데 팥 난다.

감사는 팥쥐에게 칼을 씌워 하옥시키고 사실을 조정에 보고하였다. 며칠이 지나서 조정에서 하회가 있었다. 감사는 그 하회대로 형리를 시켜 죄인 팥쥐를 수레에 매어 찢어 죽이고 그 송장을 젓으로 담아 항아리 속에 넣고 꼭꼭 봉하여 팥쥐의 어미를 찾아 전하였다.

팥쥐 어미는 처음에 팥쥐가 흉계를 품고 콩쥐를 죽이러 들어갈 때 만만 조심하여 아무쪼록 성사하라고 부탁하여 보낸 후에 곧 최만춘을 고추박이처럼 차 버리고 다른 서방을 얻어 갔다. 혹시 있을지도 모르는 후일의 만약의 경우를 생각하여 후환을 미리 막기 위해서였던 것이다.

그리고 주야로 팥쥐의 덕을 입고자 기다리고 있던 중에 관가로부터 선물이 왔다고 하므로 팥쥐 어미는 좋아라 하고 내달으며 훗서방을 안으로 불러들이고는 항아리 아가리를 동여맨 노끈을 풀어 보았다. 큰 항아리에 가득 든 것이 모두 젓갈이었다.

한편 또 따로 글씨를 쓴 종이가 들어 있었다. 종이에는 이렇게 씌어 있었다.

"흉한 꾀로 사람을 죽이는 자는 누구든 이와 같이 젓으로 담그고, 딸을 가르쳐 흉하고 독한 일을 실행케 한 자로 하여금 그 고기를 씹어 보게 하노라."

팥쥐 어미는 이 글을 읽고 팥쥐의 소행이 탄로나 결국 죽음을 당했음을 알자 그만 기절하여 자빠졌다. 그리고 팥쥐 어미는 기절한 채 영영 일어나지 못하고 지옥으로 모녀가 서로 손을 잡고 가 버렸다.

한편 김 감사는 콩쥐에게 자기의 밝지 못했던 허물을 사과하고 이웃 노파에게 상급을 후히 내린 다음 다시 콩쥐와 더불어 다 하지 못한 인연을 이으니 아들 셋을 낳고 딸도 낳아 화락한 나날을 보냈다.

콩쥐의 부친되는 최만춘도 찾아내어 현숙하고 덕이 있는 여자를 얻어 아들딸 낳고 단란한 살림을 이루게 해 주고, 세상 사람들에게 어진 마음씨를 베풀어 어려운 사람에게는 돈과 곡식을 아낌없이 내려 그들을 구제하니, 김 감사 내외의 어진 덕을 모든 백성이 칭송해 마지아니하였다.